Rosa Chacel

CUENTOS

AUSTRALCUENTOS

Rosa Chacel

CUENTOS

PEFC Certificado

Este libro procede de
bosques gestionados
de forma sostenible

PEFC

PEFC/14-38-00305   www.pefc.es

eBook
DISPONIBLE

© Rosa Chacel, 1971, 1982, y Herederos de Rosa Chacel.
© Editorial Planeta, S. A., 2024
      Avda. Diagonal, 662-664, 08034 Barcelona (España)
      www.planetadelibros.com

Diseño de la colección: Austral / Área Editorial Grupo Planeta
Ilustración de la cubierta: © Núria Just
Primera edición en Austral: mayo de 2024

Depósito legal: B. 6.485-2024
ISBN: 978-84-08-28825-1
Composición: Realización Planeta
Impresión y encuadernación: CPI Black Print
Printed in Spain - Impreso en España

Índice

SOBRE EL PIÉLAGO

Sobre el piélago

Podría intentar este relato tomando como pauta alguno de los convencionalismos aceptados: una confesión obtenida del protagonista, unas memorias, o bien la simple observación del autor espiando de cerca o de lejos al personaje: no adoptaré ninguno de ellos. Si pretendiese hacer hablar al sujeto cuya aventura intento relatar, tendría que adoptar el lenguaje que corresponde a una mente muy simple. Si la relatase según observación propia, tendría que aducir detalles externos que enturbiarían el esplendor de la visión íntima, intacta, inexpugnable.

Pero si he hablado de lenguaje no es porque la dificultad esté ahí: con cualquier lenguaje puede un hombre expresar lo que llega directa o indirectamente a su pensamiento. He querido sólo hacer notar que en este relato usaré términos o formas que, siendo de todo punto imposibles en el sujeto, den idea del orbe excelso al que su simple pureza fue un momento tangente.

Antes, daré los imprescindibles datos sobre la existencia real, edad, nombre y traza de un hombre que salía en un bote de remos todas las mañanas del puerto de Sóller.

Se llamaba Mauro, tenía poco más de treinta años, talla mediana, rubio, los ojos del color del vidrio ordinario, esto es, sin color. No tenía el tipo balear; probablemente descendía de extranjeros. En el cráneo, pequeño, ancho sobre las orejas, el pelo abrasado por la sal le formaba mechones casi blancos, y la ropa, sobre todo la camisa, abierta junto al cuello tostado, tenía siempre la limpieza acerba que corroe y descarna el hilo en la ropa de los marineros. Por su aspecto, parecía un hombre de mar, pero no lo era. No tenía ningún establecimiento propio: traficaba a su modo, traía y llevaba productos de los pueblos vecinos. Decían que trabajaba con los contrabandistas, esto no es seguro. El caso es que todas las mañanas desamarraba la barca antes de que se levantase la llama del día, y volvía ya de noche, trayendo algún fardo que arrastraba hasta la puerta de su casa; metía la llave en la cerradura, entraba y se encerraba por dentro, solo. Porque vivía solo; era soltero.

Todos los detalles anteriores conducían a este último. No contará para nada en el resto de la historia el color de sus ojos ni su modo de vestir; todo ello pretende sólo constituir la forma externa de un hombre célibe, casto, o más bien virgen, pues la historia lo exige así. Me apresuro a advertir que en la historia tampoco contará para nada su castidad, y casi añadiría que ésta no hace más que corroborar el color de sus ojos. En suma, una y otro no son más que dos evidencias de un secreto singular.

En general salía por el lado izquierdo —el puerto mira al Norte— y costeaba la isla hacia poniente; se internaba en alguna cala: lo que hiciese mientras estaba en tierra no importa. En el camino gastaba de ordinario dos o tres horas, y siempre estaba dispuesto para volver bastante antes de ponerse el sol. Remaba hacia oriente teniendo ante sí el poniente con sus dramáticos celajes, pero no le afectaban, porque miraba sólo el mar inmediato. Iba con el mar, marchaba por él como el que marcha por la llanura; el ritmo de los remos era como un paso largo, y el ruido que hacían al cortar el agua semejante al que hacen los pies en la grava. Se adentraba en la soledad del mar, que al ir avanzando iba agrandándose, con lentitud y silencio, como hacen eclosión las flores.

Cuando había calma, a veces, veía muy cerca de él las aletas de los delfines que emergían, se alzaban y volvían a hundirse. El bando, en su marcha sinuosa, al aflorar, parecía una enorme rueda dentada con cuchillas de pizarra, que fuese rodando bajo el agua y que de cuando en cuando asomase el borde armado de filos grises. Se les oía resoplar, pero no levantaban ni rumor ni espuma: cortaban el agua nacarada con sus aletas oleosas y rodaban siempre unánimes; se hundían, aparecían más lejos y volvían a desaparecer. Ésas eran las tardes de calma; en algunas de ellas la luna se levantaba en el horizonte desmesurada y turbia.

Otros días soplaba el viento y se picaba el mar; entonces brotaban a su alrededor olas pequeñas, que venían a chocar contra la barca, y Mauro las miraba nacer innumerables, imprevisibles, porque brotaban aquí y allá, sin norma, pero a fuerza de contemplarlas llegaba a ver cómo se engendraban unas a otras. No seguían una corriente, como cuando se precipitan sobre la playa; hervían por todas partes como si legiones de vientos agitasen la superficie de las aguas con el soplido de sus bocas. Por todas partes se formaban hoyos que, al no poder ensancharse por la proximidad de otros semejantes, alzaban sus bordes, que culminaban en espuma, y esa espuma se derramaba por la pendiente del agua que se había alzado, derrumbándose con ella la pendiente misma y convirtiéndose en sima, que iba hundiéndose hasta encontrar otra corriente contraria que la obligase a alzarse de nuevo y bordearse de espuma y derrumbarse, y así implacablemente por toda la extensión del mar.

Ocurría a veces que, contra lo previsto, se alzaba bruscamente una ola más grande junto al remo; venía como por detrás del bote en el momento en que él no miraba para aquel lugar, y la veía sólo al sesgo, pero distinguía su galope, veía el rizo múltiple de su tropel, que seguía un momento a la barca y se borraba sin dejar huella. Duraban tan poco tiempo aquellas olas alzadas que, cuando volvía la cabeza, ya no estaban, pero Mauro conservaba el recuerdo del rumor y de la irrupción de su blancura como la imagen viva de las criaturas del piélago. En la espuma inorgánica se armaban formas vivientes, que asomaban y huían murmurando con apresurada ocultación.

Para Mauro existían ciertamente; las conocía sin

reflexionar en ellas, y, cuando aparecían, todos sus pensamientos se anulaban, no le quedaba espíritu más que para atenderlas; pero cuando su atención vigilaba, no aparecían. Al rato de esperarlas, la atención cedía y el pensamiento comenzaba a gravitar sobre cualquier punto. Entonces surgían, galopaban junto al remo y volvían a desaparecer. Luego, al acercarse a la costa, el esfuerzo necesario para vencer la resaca borraba su recuerdo, y, luego, el arrastrar la barca por la arena, el cargar con el fardo y los remos le llenaban la cabeza de ocupaciones concretas. Sólo los pies guardaban aún algún tiempo aquella especie de ensueño que era el contacto con el mar. Al saltar de la barca, pisaban las conchas rotas, punzantes, evitaban los temibles erizos, y algún perro que guardaba otras barcas venía a jugar con ellos mientras duraba la faena. Mauro, con la mente, ya no estaba en aquello; no sentía tampoco la noche que se extendía infinitamente iluminada: subía unas gradas de piedra, torcía a la izquierda y entraba en su casa. Allí continuaban los quehaceres: primero encendía la lámpara de carburo, después prendía unas piñas en el hogar, cortaba el pan para la sopa y ponía unos pimientos entre la ceniza, junto a las brasas. Comía. Sobre la mesa, sin mantel, el cuchillo: una faca que llevaba siempre consigo y que quedaba abierta mientras comía, aunque no fuese a ser usada. En ella dejaba reposar la mirada con confianza. Era una navaja pequeña, como para cortar pan, no tan pequeña que no pudiese cortar otra cosa, pero llevaba escrito en su contorno que era para eso, pues todas las armas llevan en su perfil su sino. Mauro se miraba en ella durante todo aquel silencio; después la cerraba y apagaba la luz; después, extendía las piernas bajo la sábana, y no siempre se dormía en el acto: el mar volvía a poseerle en esas horas.

Se adaptaba mal al reposo: el ritmo del mar estaba impreso en sus músculos, y creía que su sangre misma se mecía dentro de las venas como un líquido en un vaso sin equilibrio. El mar era él mismo, era su cuerpo, y su cabeza era él sobre el mar. Volvía a navegar por el latido de su corazón, que se dilataba sin límites como la soledad, y todas las cosas vividas cuando iba sobre el agua revivían en esas horas, más próximas. Lo que había visto brotaba ahora dentro de sus ojos con la fuerza de las semillas que germinan y rompen su propia piel. Brotaban las imágenes y se ramificaban adquiriendo proporciones que en la realidad no habían tenido.

Una caña flotante, una rama de pino, que, sobresaliendo apenas del agua, por el reflejo rojo de los rayos del sol tendidos ya sobre el mar, semejaba un hombro cobrizo... Cuando la rama venía acercándose a la barca, Mauro la había mirado pensando en la postura que pudiera tener el resto del cuerpo sumergido, pero al aparecer en la memoria ya no seguía el proceso de raciocinio que llegaba a descubrirla como rama: se detenía en el instante en que era hombro, y desenvolvía sus gérmenes de horror.

Primero en conjunto, después detalle por detalle, aparecía el cuerpo deducido: claro a través del agua, definible, más aún, omnivisible, pues, aunque lo contemplaba recorriéndolo en sucesivas etapas, no necesitaba cambiar de punto de vista para conocer las partes que lógicamente quedaban del otro lado, y no lo veía tampoco como se ve un objeto transparente: su visión era sólo comparable a la que cada uno tiene del cuerpo propio, del propio rostro que en cualquier posición, a cualquier luz, o sin luz, sabe, siente, realiza la expresión que tiene, ve el ademán de cada miembro y la superficie que lo recubre por todos lados. Pero el cuerpo que veía en aquella forma no era el suyo, sino, por el contrario, uno muy distinto; era un cuerpo oscuro, muy largo, muy delgado; no venía tendido entre dos aguas sino casi vertical; el hombro izquierdo era lo que asomaba y el punto que hacía de proa en su marcha oblicua. La cabeza parecía caer con el cuello como truncado hacia el lado derecho, y le colgaba de la frente una especie de turbante que llevaba enrollado y que el agua iba desanudando. Porque era un árabe: sus facciones, muy pálidas, eran las de un agareno, con los labios amoratados entre la barba rala. El pecho, después de los hombros anchísimos, era seco, enteramente seco, como gastado en la guerra o en la piedad. El vientre sumamente estrecho estaba desnudo y parecía ceñido; las piernas quedaban dentro de unos calzones desgarrados; por un roto se veía una de las rodillas, pero Mauro podía ver también la otra, que no asomaba por ningún roto: estaba dentro de un calzón entero, y sin embargo la veía. Veía igualmente las plantas de los pies, que iban como colgando, y la espalda, que quedaba hacia abajo, pues siempre seguía considerándole como si le mirase desde un punto en el que el hombro izquierdo fuese lo más próximo. En las manos era solamente donde Mauro podía apreciar que había sufrido; era lo único que en toda la figura parecía relajado y desposeído; era lo único donde se notaba que faltaba la vida, y por lo tanto esa vida era lo único que quedaba más allá de él, lo que no se podía ver. Mauro no conseguía hacer revivir la imagen; le encontraba alguna semejanza con los cargadores de los lejanos puertos de Chipre o Creta, y pensaba en las faenas, en la agitación de los muelles; lograba concebir otros seres semejantes a aquél, yendo y viniendo al borde de las dársenas, pero a él no. La imagen se dejaba trasladar, pero sin cambiar de posición. Era inútil conseguir, mediante una concentración mental, la visión de uno de esos días soleados en los que los hombres se consumen en ese rito, entre olvido y ansiedad, que es el trabajo. Cuando hacía por llevarle allí, le veía igualmente semitendido, con la cabeza colgando hacia la derecha, con la mano izquierda abandonada sobre el abdomen y el hombro un poco levantado en el sentido de la corriente que lo llevaba. Le veía pasar en esa postura por entre filas de cajas de naranjas, fardos de lana, pellejos de aceite... La lucha llegaba así a su más alta tensión, pues era lucha en realidad. Luchaba dentro de sí mismo por deshacer la visión, como quien se empeña en deshacer un nudo, y no lograba solucionarla. No lograba infundir en aquella imagen de muerte una transformación liberadora. Entonces sus fuerzas cedían de pronto al olvido, con ese cambio brusco, ligero y profundo con que olvidan los irracionales, y se hundía en el sueño.

Los que no conozcan la soledad del mar no intenten comprender. Estas visiones, navegadas sobre el piélago de la propia vida, mecidas por el ritmo de la sangre, sólo las conocen los que se aventuran en el mar fiados en la resistencia de sus brazos; están tejidas como en la trama de un velo, que resulta invisible mientras los sentidos quedan enajenados por el esfuerzo, mientras el crujir del remo en la banda ocupa la atención en total. En esos momentos, sus componentes van sumándose, uniéndose en una red, tupida e impalpable como la malla de la niebla; sus colores se condensan, tácitamente fluorescentes, sin que la conciencia pueda percibirlos, y luego, en la oscuridad del ensueño, resplandecen. El hombre que boga solo, cuando el agua parece hinchada por la pleamar, cree a veces bogar por la superficie de una burbuja que puede estallar en cualquier momento, y cada pensamiento suyo tiene la dimensión abismática de un último pensamiento; con cada mirada a la costa impasible, busca un testigo para sus movimientos; pues cada uno de ellos puede ser un último movimiento; en cada despojo que pasa a la deriva, ve la imagen de una muerte irremisible, de una agonía intacta de toda presencia, y esa muerte, vivida en el secreto de la soledad, deja en él una impronta tan íntima como la huella de la inspiración o la del amor. No intente comprender quien no lo conozca.

En cuanto amanecía la luz traspasaba el cielo y el mar. Mauro desamarraba la barca y remaba hacia el Oeste. Cuando el sol llegaba al fondo de las calas, a través de diez brazas de esmeralda o zafiro, las medusas conservaban aún el color del alba. Pero ya dijimos que no hay por qué hablar de lo que Mauro pudiese hacer al desembarcar en las calas, y debemos repetir que todo lo que llevamos dicho no contará para nada en la historia que nos propusimos relatar. Lo que sucede es que, cuando la historia de un hombre es la historia de un instante, conviene engarzar grandiosamente su infinita pequeñez en el universo.

La historia es ésta. Una tarde, al volver, el mar empezó a picarse, el agua se puso de un verde oliva floreado de blanco, y el cielo se cubrió en gran parte de cirros plomizos. En algunos lugares quedaron espacios como lucernas, enteramente limpios de nubes, y la luz se precipitaba por ellos en haces o focos que caían abruptamente sobre el mar oscuro como en el interior de una casa en ruinas. Mauro remó siguiendo la costa, pero no demasiado cerca de ella para evitar los escollos, sólo visibles cuando el mar está sereno; no se sintió ni un momento en peligro; calculó con acierto que la borrasca no le alcanzaría antes de llegar a Sóller si remaba con fuerza, y remó briosamente. Fiado en su destreza maquinal, iba contemplando la borrasca que se desarrollaba lenta y lejana allá donde el cielo y el mar parecían oprimirse, unirse tan estrechamente como las hojas de un libro en el lomo, y donde el resplandor de la centella abría de pronto inmensos espacios, descubría montañas, castillos y caminos luminosos. Entretanto, remaba con lento y mantenido impulso, y el compás del remo, si no es posible decir que atrajese toda su atención, iba subyugando todo su ser. Las fantasmagorías de la tormenta, aunque la distancia apenas se alterase, iban pareciéndole cosa pintada, telón cambiante y movedizo, mientras que la barca y todo lo que le quedaba próximo se hacía cada vez más trascendente. El remo entraba en el agua y Mauro se absorbía en la contemplación de aquel contacto mutuo, repetido cien mil veces. Las olas se alzaban formando simas oscuras y crestas de espuma: nada más nuevo, nada más sorprendente que cada una de ellas. Su rumor era como el paso inconfundible de alguien que siempre mantiene ardiendo a la constancia en su espera. Empezaron a galopar junto al remo, y Mauro no volvió la cabeza para sorprenderlas: hundió la mirada en el interior del bote, donde no había más que el bulto de sus compras, una lata vacía y un cordel. Repasando con los ojos estos objetos neutros, las atendía sólo a ellas, contemplándolas en su murmullo como si en él estuviesen escritos sus formas y ademanes, y cuando desaparecían, dejando sólo una espuma, ya sin impulso, escuchaba el burbujeo hasta que se extinguía, como palabras de una charla que sólo la ligereza de la huida le impidiese comprender.

La atmósfera cerrada de la tormenta, los haces de luz que hasta a las olas les daban opacidad y espesor al concretar violentamente su contorno, hacían que la existencia de las presentidas criaturas marinas fuese para Mauro más que nunca evidente. Sabía que iban con él y no hacía por sorprenderlas; al contrario, se aproximaba, se entregaba a ellas, concentrándose en sí mismo, y creyó que sólo por azar había vuelto la cabeza. Volvió la cabeza, como tantas otras veces, al percibir la forma blanca que se alzaba, entrando al sesgo en el foco de su mirada. Volvió la cabeza y la vio: la vio porque estaba allí, mirándole.

No es posible afirmar la presencia de aquel ser más que diciendo que estaba allí, y no es necesario advertir que estaba, sin permanecer. Brotó su forma, inflamada de elocuencia como la zarza ardiente. La ola se levantó múltiple, aunque informe, armónica, como un tropel de caballos o como una ráfaga de deidades, como una pléyade de fuerzas arrebatada por una sola fuerza. En su nacimiento unánime llevaban la ley de su unánime sucumbir: la curva misma que erguía y organizaba su aspecto se desenvolvía forzosamente en derrumbamiento. Encadenadas en una gloriosa obediencia, se hundieron todas, menos una: un jirón de voluntad se destacó sin desprenderse, y el núcleo de su poder miró a Mauro a los ojos.

Mauro no alteró el compás de su marcha, no vibraron sus nervios, no se aceleró ni se detuvo su pulso; lo que se detuvo en él fueron las tres potencias de su alma. La visión de aquel ser, la conjunción de sus ojos con aquella mirada no le sacudió como un fenómeno asombroso; le enajenó; le raptó a la realidad aboliendo en él toda facultad de recordar, comprender o desear otra cosa. Las olas se sucedieron a su alrededor, cerca y lejos de la barca durante todo el trayecto, y la travesía terminó como todas; más dura en la cercanía de la costa que atrae y rechaza, hundiendo al fin la quilla en la arena con violento empuje.

Con el orden cotidiano inalterable, los remos al hombro, el fardo arrastrando agarrado por la cuerda, cruzó la playa, pero los pies no tantearon como otras veces el peligro; marcharon insensibles sobre las conchas rotas y aplastaron los erizos. Mauro se detuvo un momento, soltó el fardo para arrancar uno de ellos que se le había clavado en el borde del pie. Siguió, subió las gradas de piedra, entró en la casa, cerró con llave y encendió la lámpara. Entonces se quedó un rato indeciso, como queriendo recordar algo que necesitaba hacer antes de nada; dio dos o tres vueltas, andando con dificultad, porque el pie le dolía persistentemente, y apoyándolo apenas en el suelo, procurando recordar a través de aquel dolor lo que tenía que hacer, hasta que al fin pudo darse cuenta de que lo que tenía que hacer era sacarse las espinas.

Arrancó fácilmente las que sobresalían de la piel pero otras estaban enterradas en ella, y sentado en el suelo, con la lámpara en un taburete, fue sacándolas una por una con la punta de una aguja gruesa, apalancando entre la piel y la espina, y, cuando se rompía, ahondando hasta empujar desde debajo de ella.

La operación le era harto conocida, pero esta vez la intensidad del dolor le fascinaba, y, fijo en él como en un punto brillante de poder hipnótico, contemplaba la imagen de la deidad hundida en su alma. Perseguía con la punta de acero la punta calcárea que se escapaba hacia adentro, hasta que parecía llegar a la coyuntura de la primera falange, y ya enteramente tragada por la carne, sólo lograba tocar con el extremo de la aguja su dureza de vidrio.

Perdió la noción del tiempo: todo esfuerzo era inútil. No sólo el esfuerzo de sacar la espina, sino todo esfuerzo, cualquier otro esfuerzo. El dolor era como una estrella: era un rumbo. Dejó la lámpara sobre el banco, se arrastró hasta la cama y se dejó caer en ella.

Sería artificioso decir que Mauro miró al otro día la vida como un hombre que ha muerto en alta mar, pero es exacto, o al menos lo más exacto posible, decir que la miró como un hombre que se ha desposado con otra vida. La fue abandonando con pudor, a medida que fue dejando de comprenderla, y, sin alcanzar con su razón lo que pudiese haber en él digno de ser mirado por la divinidad, se redujo a ello.

El sol resecó las tablas del bote en la arena de la playa. Mauro veía desde su celda clarear el alba todos los días a la hora de coger los remos, pero nuevos deberes fueron borrando el recuerdo, y hasta fueron, con su monotonía, velando el esplendor de la ardiente entrega. El hábito le envolvió en su regularidad anónima, y el tráfico de un orden nuevo, aunque muy simple, reclamó su actividad.

Cuando esa opresión aflictiva, que en muchos es germen de la duda, le pedía una corroboración para su fe —entiéndase que no se la pedía racionalmente, sino como el cuerpo pide el alimento: con la nostalgia del sabor— bajaba por las rocas de la colina donde estaba el convento hasta la orilla del agua y allí se sentaba, tocaba el borde de su pie por entre la sandalia, en el punto donde se articula la primera falange, y encontraba como un pequeño clavo junto al hueso.

Era como un estigma, era una señal que secretamente le marcaba como elegido. Apretándolo, lograba reavivar el dolor, y a su luz volvía a ver el brillo tenebroso de aquel momento en que la mirada del más allá le había herido.

Atardecer en Extremadura

Después de reflexionar largamente sobre el modo de definir o expresar ciertas impresiones lejanas, que aparecen con insistencia en la memoria, encuentro que sólo mediante la narración de algunos casos concretos puede evidenciarse el fenómeno.

Una noche, en la capital de mi provincia, volviendo del parque hacia casa, iba, siendo yo muy pequeño, con dos o tres personas mayores, familiares míos, y cruzábamos una plaza donde había una estatua rodeada por un jardinillo con verja. Yo me había rezagado unos cuantos pasos, llevaba en la mano una piedra redonda y pulida que había encontrado en el parque y la iba frotando contra la solapa de mi chaqueta. Mientras tanto, canturreaba una tonada popular, pero no con la letra que le correspondía; sin propósito alguno, sin la menor intención de improvisar, iba pronunciando unas palabras que automáticamente se adaptaban a la música y que no osaría repetir aquí, por nada del mundo.

A través de largos, de inmensurables años, ese recuerdo se ilumina de cuando en cuando en mi memoria y sólo a un ser humano he podido revelar esas palabras. Diré solamente que cualquiera de ellas por separado se puede pronunciar en cualquier parte y que en su conjunto no componen ninguna frase impura ni maligna, pero su pueril incongruencia aún me causa terror.

Es, en verdad, una mezcla de terror y de éxtasis el residuo de aquel momento de soledad. Me había alejado de los míos no más de tres metros, pero la soledad de la plaza, la verja que al pasar rozaba con el hombro, el contacto de la piedra pulida y la melodía de mi canción con sus impenetrables palabras, al aparecer en el recuerdo levantan un clima de intimidad envolvente que el tiempo no ha logrado amortecer.

Creo que esto puede servir como ejemplo de lo que generalmente se llama un recuerdo imborrable, y no sé por qué he puesto éste como ejemplo cuando es otro muy diferente el que me propongo relatar. Hay quien cree que los pequeños hechos marginales desvalorizan el núcleo de un relato, pero esto no siempre es exacto; cuando en un largo relato de hechos reales va engastado un punto brillante, que, sin desertar de la realidad, la trasciende, la proximidad de otros de la misma índole forma con él una constelación que lo corrobora, atestiguando su estirpe, demostrando que su fulgor no es un chispazo fortuito.

Es más: confío tanto en la evidencia del misterio que encierran esos hechos que no sólo no temo acumularlos ni analizarlos, sino que llego a clasificarlos y hasta a presentirlos y producirlos.

Por ejemplo, no hace mucho, yendo solo, al oscurecer, por una gran avenida, crucé una calle transversal y vi, en la casa que hacía esquina, el escaparate de una frutería con la luz ya encendida; delante de la puerta, en la acera, había un gato blanco sentado; en el escaparate, sobre las frutas, colgaba de un cable una bombilla; la luz caía sobre la calle donde aún quedaba como una estela de la luz del día. Miré volviendo la cabeza; sin pararme pensé: esto no lo olvidaré jamás, y no lo he olvidado.

Pues bien, el recuerdo que pretendo relatar no es, como el primero, un orbe cerrado que siga apareciendo con toda la oscuridad de su clima, ni como el segundo, una imagen netamente grabada que insista en aflorar de cuando en cuando; es más bien como una culminación, como una apoteosis, y mediante la introspección más laboriosa he logrado reconstruir el drama que le precedió.

Un día, hace mil años, amaneció diferente de los otros días: lo que siempre me resultaba desagradable —saltar de la cama, desayunar de prisa, ir a la escuela— aquella vez amaneció ligero, limpio de pereza. Y no es que me esperase, aparte de lo habitual, nada extraordinario. Debía levantarme media hora más temprano que de costumbre y no me sentía contrariado, cuando lo único que había de nuevo era que tenía que certificar una carta al ir a la escuela.

Además, antes de recordar lo de la carta ya me sentí más a gusto que otros días. Cuando empezó a despertarme la luz que entraba por las rendijas no procuré, como otras veces, hacerme sombra en la cara con el embozo; pensé: ya está ahí la luz, porque la sentía a través de los párpados; luego abrí los ojos y vi la carta que estaba sobre la cómoda, de canto, apoyada en un florero.

Yendo ya hacia el correo, no dejaba de mirar el sobre que mi madre había puesto con letra inglesa, bien clara, y en una esquina, entre paréntesis: «muestra sin valor», y me costaba trabajo admitir que se mandase así una cosa en la que se había puesto tanto. Pero decían que con eso bastaba y yo no tenía razones para negarlo. Por encima de una tapia vi los almendros ya casi sin flor y recordé que era en pleno invierno cuando mi madre había empezado aquello. Por las tardes se sentaba junto a la lumbre con un ovillo de hilo y hacía una cosa que no se podía comprender, hasta que un día le pregunté: «¿Qué es eso que haces?», y me dijo: «*Frivolité*». «Y, ¿qué es *frivolité*?», dije yo. «Pues ya lo ves —me contestó—, una puntillita.» Pero yo no veía puntilla ninguna: yo sólo veía que metía y sacaba una lanzadera por entre el hilo enganchado en los dedos y que colgaban anillas blancas. Así se pasaba las tardes y algunos días hasta las mañanas. Cuando yo volvía de la escuela y mi padre tardaba en llegar, había de pronto un silencio especial en la casa y era que mi madre estaba sentada detrás de la ventana haciendo *frivolité*. Entonces yo me sentaba a la puerta y me parecía que el tiempo no pasaba nunca.

Frente a nuestra casa, el camino bajaba ya hacia el campo. Del pueblo sólo se veía unos paredones a la derecha y allí venía a sestear un rebaño que se apretujaba por entrar en el poco de sombra que daba la pared. Sonaban las esquilas porque las ovejas no estaban quietas ni un minuto, se revolvían como si no encontrasen postura para descansar, y los machos, parecía que por mal humor, estaban siempre haciendo lo mismo. Aquel revolver de las ovejas junto al paredón, el hambre y la luz del mediodía me parecía que podrían prolongarse infinitamente mientras mi madre no dejase de darle vueltas al hilo.

Todo esto es lo que iba metido en la carta, para certificar como muestra sin valor, y yo, a través del sobre, iba viéndolo en todas las fases por que había pasado. Recordaba también el momento en que después de cosido alrededor de un pedazo de tela había sido sometido a la plancha, entre paños mojados que despedían nubes de vapor, y al fin, cuando había salido de allí, resultaba ser un pañuelo con todas las argollitas puestas unas junto a otras por los bordes y formando estrellas en las esquinas. Luego, doblado en cuatro, lo habían metido entre dos tarjetas postales, que todos habíamos firmado para la abuela, y tenía que llegar justo el día de San José.

Iba despacio pensando en todas estas cosas y me daban ganas de contárselas al hombre del correo para que tuviese cuidado, pero ya sabía yo que eso no se podía hacer. Cuando estaba llegando —el correo quedaba del otro lado del pueblo, hacia la vía, ya fuera de las casas— vi cuatro chicos de la escuela que tomaban una vereda y se iban como escondiendo. Les grité: «¡Eh!, ¿a dónde vais?». Tres de ellos apresuraron el paso, pero uno se volvió y yo di una carrera. Como vieron que iba a alcanzarles se pararon y me dijeron: «¿Vienes?». Yo les pregunté qué plan tenían para dejar así la escuela, y no querían contestarme, sólo me decían que fuera con ellos. Les dije que si me esperaban un poco certificaba en seguida la carta y ya podía ir. El chico que era más amigo mío porque se sentaba en mi banco vio que la carta era más gruesa que lo corriente y me la quitó de la mano. Me dijo: «¿Qué tiene dentro? Aquí va algo». Yo le dije que sí con la cabeza pero sin pensar más que en volver a apoderarme de ella y no quería quitársela a la fuerza por miedo a que la arrugase. Los otros tres se apartaron un poco diciendo: «¿Vienes o no vienes?». Uno de ellos llevaba un perro atado con una soga que saltaba a su lado como si él también estuviese impaciente. Yo, para que el chico que tenía la carta no pensase más en ella, volví a preguntarle qué iban a hacer, y él, señalando al perro que llevaban los otros, me dijo: «Vamos a ahorcarle». Vi en seguida que no era broma; además, el chico siguió con su curiosidad repitiendo: «¿Qué va aquí dentro?». Yo casi no podía contestar, pero no quería quedarme callado, para que no lo notaran, y le dije: «Es un pañuelo». Le pareció una salida. «¿Un pañuelo? ¡Bah!» Y no me daba la carta; yo no sabía si pegarle o echarme a llorar, pero sobre todo quería que no me notasen nada, quería desesperadamente rescatar la carta y pensé que tenía que decir algo para convencerle de que me la diera; entonces dije: «Bueno, no es un pañuelo, así, como todos: es un pañolito de *frivolité*». ¡La que se armó!... Se retorcían de risa, se reían como se reirían los cerdos, si los cerdos riesen. Y además entre sus risas repetían la palabra, continuamente, cada uno a su modo: *frivolité*... Uno ponía voz de marica, otro arrastraba el final «té, té, té, tereteté...». ¡Y todo ello era tan asqueroso! Yo no salía de mi asombro. ¿Por qué les ponía en aquel estado aquella palabra? Y lo más grande era que yo mismo, que estaba completamente seguro de que aquella palabra no quería decir nada más que el nombre de una puntilla, comprendía todo lo que ellos pensaban, veía lo que estaban haciendo con la palabra, porque sabía que dentro de sus cabezas no había más que porquerías. El caso es que vi que aquello en vez de arreglar la situación la había empeorado; entonces, con un esfuerzo tremendo, porque no me salía la voz de la garganta, le dije al chico: «Bueno, si os estáis ahí diciendo gansadas no puedo certificarla, y luego no me queda tiempo de ir con vosotros». El chico me dio la carta como sin darse cuenta porque todavía seguía riéndose. Yo salí disparado al correo.

Llegué a la ventanilla, pagué, puse los sellos y aquí me falla la memoria. Siento así como si a propósito de los sellos tuviese algo pensado anteriormente y no sé si es que en aquel momento me faltó la voluntad para hacerlo o si ya lo había olvidado o si es que lo olvido ahora. No sé, pero ahí hay algo que no está claro. El caso es que cuando terminé, medio inconsciente, corrí para alcanzar a los otros.

Me parecía imposible que yo fuera a soportar aquello, pero era necesario; sabía que sólo siendo uno de los que habían hecho aquella bestialidad, aquella burrada inmunda, me dejarían después tranquilo, y si alguna vez intentaban largarme la palabrita podría imponerme.

Les alcancé antes de que llegasen al arroyo. Iban rodeando el huerto de Nicasio. Tuve de pronto una idea y les dije: «¿Por qué no entramos y le decimos a Nicasio que nos deje coger cangrejos? Hay muchos junto a la compuerta». El chico que llevaba el perro, que era el mayor de todos —ya tendría más de doce años—, se volvió a mirarme y me miró porque sospechó mis intenciones. Yo aguanté su mirada con una cara tan inocente que le hice creer que se había equivocado, pero tuve que aguantar un rato como si forcejease, porque él cuando se volvió estaba seguro de que acertaba. Cuando vio que yo seguía como si tal cosa, dijo: «Bueno, a la vuelta». Y seguimos.

Fuimos por la carretera de Jerez, llegamos a un lugar que hace hondonada y allí, junto al camino, empezaba ya el baldío. Había algunos árboles, distanciados unos de otros, y todos se dirigieron a una higuera. Yo me dije por dentro: no, en la higuera no, porque una higuera es un árbol que no podré nunca dejar de mirar; que sea en otro. Y no sé cómo tuve serenidad para decirles: «No vayáis a la higuera porque el dueño puede luego armarnos una». Contestaron: «¡Pero si estos árboles no son de nadie!». Y yo con todo aplomo aseguré: «Las higueras siempre son de alguien». No sé por qué lo creyeron, el caso es que se fueron hacia un fresno que crecía inclinado en la parte más honda del terreno como si estuviese al borde del agua, pero no había agua ninguna; allí no había más que una maleza de cardos y ortigas.

Empezaron a discutir el procedimiento. Decían primero que lo mejor era dar una vuelta a la soga por la rama que quedaba más tendida y tirar con fuerza de la punta. Creían que así subiría como los sacos del molino que suben por la polea, pero la cuerda no era bastante larga. Después decidieron levantar al perro entre dos y que uno, subiendo al árbol, atase la cuerda para soltarle luego de repente. Yo no quería atender a aquellos preparativos.

El sol estaba ya muy alto y a nuestro alrededor las cigarras rascaban como desaforadas, pero desde más lejos, desde el bosque de alcornoques que se extendía hacia Jerez, venía el arrullo de las tórtolas tan triste, tan llorón, como no lo había oído nunca. Yo miraba para allá porque no quería ver lo que hacían, pero el mayor, que era el que mandaba, se dio cuenta de que quería escabullirme, y como si necesitasen mi ayuda me gritó: «Tú, ¿qué estás haciendo ahí?». Yo repetí la faena de la otra vez y le dije como si no hubiese oído su pregunta: «¿Oyes la rula?...». Le dio tanta rabia no poder comprender si yo era bobo o si lo fingía que me volvió la espalda sin contestarme, dispuesto a no ocuparse más de mí. Lo que yo pretendía era hacer como que estaba allí, pero no enterarme de nada, y decidí demostrar con algún gesto que atendía para volver a escabullirme. Sin embargo, acabé atendiendo de verdad porque vi que el que más atención prestaba era el perro.

Los chicos discutían y le señalaban unas veces a él, otras al árbol, y el perro seguía sus movimientos como si estuviese acostumbrado a que tirasen piedras para ir a buscarlas. Miraba las manos cuando señalaban arriba y daba un ladrido disponiéndose a echar a correr, sin darse cuenta de que estaba atado, movía el rabo y a veces jadeaba un poco, enseñando los dientes como si sonriese. La discusión duraba sin que se pusieran de acuerdo y el perro hacía de cuando en cuando «guau», una sola vez, como preguntando o como diciendo: vamos, decidíos.

De pronto lo levantaron en alto. Uno de ellos estaba ya encima del árbol, entre los tres lo levantaban todo lo que podían, y el perro seguía con aquella sonrisilla, pero sintiéndose ya incómodo, sin poder guardar el equilibrio, mirando al suelo y haciendo esfuerzos por saltar. El que estaba en la rama no acertaba a hacer el nudo, decía que la soga estaba medio gastada por la punta y que se iba a romper con el peso. No quería tener la culpa de que la cosa saliese mal y explicaba todas las dificultades que encontraba allá arriba como si fuera una tarea muy delicada. Aquello era eterno. La rama no estaría a más de tres metros del suelo, pero la voz del chico parecía que venía de muy alto y el arrullo de las rulas era cada vez más fuerte; los alcornoques quedaban lejos, pero se las oía como si estuvieran encima de nosotros, como si fueran acercándose.

Yo miraba, no podía menos de mirar, pero no veía, es decir, veía las caras: las de todos ellos y la del perro. Lo que no podía saber es si estaban empezando o terminando; si lo iban a llevar a cabo o si iban a desistir por cualquier cosa; si era difícil, si era imposible o si ya estaba hecho.

El caso es que lo soltaron. Retrocedieron todos. Yo también, y creo que me volví de espaldas; sé bien que me agaché al suelo, cogí un palo que había allí caído y pegué en unos cardos secos que soltaron de la flor una nube de vilanos; sin embargo, lo vi todo. Vi que pataleó un momento al encontrarse sin apoyo, hizo un esfuerzo con esa agilidad que tienen los bichos que les puede servir para salir de entre las ruedas de un automóvil, probó en menos tiempo del que se dice todos los movimientos posibles, como si buscase, a la izquierda, a la derecha, arriba y abajo; de pronto cedió y se convirtió en una cosa indefinible: ya no era un perro. El cuerpo quedó como un saco que tuviera colgando cuatro palos y la cabeza era la cabeza de un monstruo, la sonrisa se había agrandado, había abierto la boca, con una especie de furor, como si al fin hubiera comprendido.

No puedo recordar lo que dijeron los otros; seguí con el palo dándole a las hierbas y a las piedras por el camino. Oía las voces de los demás que hacían comentarios, pero no podía comprender. No oía con precisión más que el chasquido de las piedras cuando las mandaba lejos de un golpe y chocaban con otras.

Nos quedamos por el arroyo: el agua estaba tan caliente que no se sentía en los pies, y en los remansos había un poco de limo que al pisarlo parecía que no se pisase tierra: hubo un momento en que me pareció que no tenía pies. El agua me llegaba a la mitad de la pantorrilla y lo que quedaba debajo del agua era como si no existiese. Estuve así parado en medio del agua mucho tiempo, haciendo como si mirase a ver si había cangrejos, pero no miraba: procuraba pensar. Hacía por comprender por qué los otros habían hecho aquello y por qué yo me había dejado llevar. ¿Es que podía decir que yo no lo había hecho? Además, ¿quería que los otros lo dijeran o no quería? Y si me hubiera negado a ir, ¿qué hubieran dicho de mí? Es seguro que yo, en otro día cualquiera, no hubiera ido. Si yo no les hubiera dicho aquello del pañuelo hubiera tenido valor para negarme: en el fondo había ido para defender algo... Y al mismo tiempo era idiota disculparme como si una cobardía se pudiera arreglar con otra cobardía.

Esperamos allí hasta cerca de las doce, para llegar a nuestras casas como viniendo de la escuela. No di ninguna importancia a unos hombres que venían de Jerez con unos mulos: era un viejo que vendía arrope e iba con su hijo por los pueblos. Al pasar dijeron algo y los chicos comentaron: «Nos hemos caído; éstos deben haberlo visto y en seguida irán con el cuento». Pero yo no me preocupé: seguí hundiendo los pies en el limo, luego me los sequé en la orilla y procuré calzarme, pero los calcetines no me entraban y la arena entre los dedos, que antes parecía impalpable, dentro de los zapatos era como lija. Tuve que atravesar así el pueblo: mi casa quedaba al otro lado.

Yo me había propuesto entrar como todos los días y al mismo tiempo me iba diciendo: dejaré los libros con naturalidad y no hablaré hasta que me digan algo. Pero yo no entraba nunca así en mi casa: siempre entraba haciendo ruido y llamando a mi madre desde antes de llegar. Llegué en silencio, entré: no había nadie en el comedor, no se oía una mosca, como si la casa estuviera vacía. Lo natural era que hubiera ido a ver dónde andaban mis padres, pero no fui, me quedé escuchando, para hacer como que entraba en cuanto oyese pasos y cuando los oí no me dieron tiempo de simular nada. Oí los pasos detrás de la puerta del despacho de mi padre y la puerta se abrió en seguida. Salieron los dos, uno detrás de otro, pero mi madre que era la que venía detrás no llegó a salir, se quedó en la puerta, agarrada al hueco, no al quicio; no: se agarró al aire. Yo vi que se paraba en seco como si el propósito de no pasar de allí estuviera puesto delante de ella como una barra. Mi padre, al contrario, avanzó, derecho, como un tren. No es que viniera muy de prisa, es que venía como por un rail que no pudiese cambiar de lugar y en medio del rail estaba yo. No abrió la boca, alargó la mano y me dio una bofetada que sonó completamente igual que los truenos cuando cae la chispa encima de la casa. No puedo decir que me doliera mucho; sólo recuerdo el estruendo y cómo me retemblaron los huesos del pescuezo; el dolor no lo podía notar porque me quedé tan sin sentido que creí que me había muerto. Fue sólo un segundo, pero con el poco de conciencia que me quedaba pensé que ya no podría volver a la vida. Parecía que el golpe me había roto la espina dorsal, me había separado la cabeza del cuello y que por eso no podía respirar. No sé cuánto tiempo estuve así, no sé cómo los pies, que ya no se comunicaban con la cabeza, subieron la escalera y me llevaron hasta mi cuarto. Tampoco sé cómo me dejé caer en la cama boca abajo, pero recuerdo que lo primero que pensé con claridad fue que todavía quedaba en la almohada el olor de la colonia de la peluquería. Hacía ya dos días que me habían cortado el pelo y el olor todavía duraba. Al respirar aquel olor volví en mí, pero volví sólo con la memoria, fue como si me acordase de mí mismo y me eché a llorar. Desde hacía mucho tiempo no había llorado de aquel modo, lloraba como si me hubiera dado un accidente, como cuando se tiene la tos ferina, con esas rachas de convulsiones que no dejan tomar aliento, y cuando la racha terminaba empezaba a pensar en todo lo que había pasado, volvía a ver avanzar a mi padre, hundía la cara en la almohada y volvía a llorar como accidentado. Así muchas veces. Yo creo que estuve llorando durante horas hasta que me dormí. Cuando desperté vi por la luz que empezaba a caer la tarde. Levanté un poco la cabeza para ver si oía algún ruido, y nada, aquel silencio tremendo en la casa como cuando yo llegué. Estuve un rato escuchando; al fin empecé a oír unos pasos que conocí en seguida: era la criada la que venía hacia mi cuarto. Me hice el dormido; ella entró y me habló como sabiendo que estaba despierto. Se apoyó en la barandilla de la cama y me dijo: «Anda abajo... no hay nadie». Yo moví la cabeza negativamente y ella siguió: «¿Quieres tomarte este vaso de leche?». Vi que había dejado un vaso encima de la cómoda, volví a mover la cabeza, pero ella cogió el vaso y se sentó en el borde de la cama. Me sacudió un poco: «Anda, bebe». Me incorporé y bebí un sorbo. Me dijo: «¿Quieres que te traiga pan?». Y tuve que hacer un esfuerzo enorme para decirle que no, porque era precisamente lo que yo estaba pensando. Era tan buena la leche, tan gorda, que dejaba el vaso blanco, y a mí me gustaba sobremanera mojar pan en ella; pan candeal, no bollos, ni cosas dulces; desde que di el primer sorbo estaba pensando en ese pan blanco, con la corteza tostada, que es maravilloso mojar en la leche, así, sin azúcar; pero tuve el valor de decir que no quería y me bebí la leche sola.

La muchacha me hizo levantar y me empujó hacia la puerta diciéndome: «Anda abajo, que mamá está en la novena».

Salí a la puerta y me senté en el poyo de piedra; sabía que mi padre no había de volver hasta mucho más tarde. Me senté en el sitio donde acostumbraba a sentarme; había un silencio enorme y en medio de él me pareció distinguir un sonido de esquilas. La extensión que se veía desde allí era muy grande, y no encontraba con la vista el rebaño: al fin lo descubrí. Iba ya por la hondonada muy lejos, empezaba a desaparecer entre dos colinas, pero alcancé a ver los últimos borregos, y al verlos oí mejor las esquilas, hasta que se sumieron entre las vertientes.

Oscurecía, el horizonte estaba cerrado por una capa muy espesa de nubes grises, pero a cierta distancia el nublado se abría y se veía que por encima las nubes estaban iluminadas por la puesta de sol. No se las veía avanzar, los pequeños cambios que iban alterando su forma eran muy lentos, y sin embargo sólo se podía concebir que hubieran brotado de un impulso rápido, parecían lanzadas como el vapor que se escapa de la locomotora en grandes bocanadas y estaban quietas. Su quietud que no desmentía el impulso, sus crestas iluminadas y sus panzas grises, resbalando a un mismo nivel por el espacio como los cisnes sobre el agua, las hacían parecer llenas de un poder latente. Entonces miré casi sin mover la cabeza a mi alrededor, giré los ojos por todo lo que abarcaba mi vista, comprobando la soledad del campo, tendí el oído y no percibí más que el silencio, donde acaso algún rumor dejaba su huella como un perfume casi extinguido, y permanecí inmóvil con los brazos cruzados, las manos escondidas debajo de los brazos, comprendiendo todo aquello. Mi único movimiento era pasar la lengua suavemente por una herida que tenía en la cara interior del labio donde la punta del colmillo había hecho saltar la piel; el labio estaba todavía tumefacto, sangraba un poco; pero el sabor de la herida no era sólo de la sangre, sino un sabor como si allí, a aquella parte dolorida, estuviesen acudiendo fuerzas nuevas de mi cuerpo a recomponer el desperfecto causado. En aquel punto del labio que correspondía al colmillo izquierdo encontraba un sabor semejante en limpidez al olor de la lluvia.

¿Pensaba todo esto en aquel momento? No lo sé, pero lo que perdura en mi memoria como una culminación de clarividencia, como una altura escalada con el impulso de mi quietud y mi soledad, es una especie de revelación que me explicaba las nubes en su potente lentitud, cargadas de rayos, es decir, que aquel momento sigue apareciéndoseme como el momento en que comprendí el dolor y el sabor que dejarán en la tierra los rayos y la lluvia.

Y después de haber remontado con mi análisis hasta el principio de aquel día torpe, abyecto, bajo la impiedad del sol y el llanto de las tórtolas, veo que sólo aquel dolor, aquel rayo purificador, pudo haberme dejado en la boca su sabor primaveral de renovación, de redención.

Fueron testigos

Había ya pasado un cierto tiempo después del mediodía, en realidad un tiempo enteramente incierto, más difícil de precisar que el que tarda una manzana en bajar de la rama a la tierra, pues en éste eran impalpables bloquecillos de piedra los que estaban bajando lentamente y asentándose en la calle.

Las máquinas que trabajaban en la demolición de una casa acababan de pararse. Los hombres habían caído rápidamente en el descanso, así como los cierres metálicos de almacenes y depósitos, y sólo habían quedado en el aire, fluctuantes y reacias a sedimentarse, las partículas de diferentes géneros y estructuras que componen el polvo. Entre éstas, de opaca y material pesantes, el incógnito tráfico de los olores: aceites, frutas mustias, cueros.

No había un alma viva en toda la calle. Sólo, a veces, dejaba asomar en el quicio de una puerta la mitad de su figura un joven sirio que vendía botones y cintas, ocupando media entrada de una casa con sus mercancías. La otra mitad del portal era oscura, la otra mitad del muchacho quedaba en la sombra. La que se asomaba al quicio de la puerta afrontaba el tiempo sin oasis del mediodía.

A lo lejos, en la calle apareció un hombre. Venía por la acera de enfrente a la puerta del sirio. No había nada de notable ni en su aspecto ni en sus ademanes: era, simplemente, un hombre que venía por la acera de enfrente. Sin embargo, al ir aproximándose, su modo de andar fue dejando de ser natural, fue acortando gradualmente el paso o, más bien, su paso fue haciéndose lento, cada vez más lento a medida que avanzaba, y al mismo tiempo fue inclinándose y tendiendo a caer hacia adelante como una vela reblandecida. Al fin, dos casas antes de llegar enfrente, cayó.

El muchacho no reaccionó en el primer momento. Esperó a ver si se levantaba. Pero viendo que no, fue a auxiliarle. Cruzó la calle, y a menos de un metro de distancia alargó la mano con intención de levantarle tirando de él por debajo del brazo. No llegó a tocarle. Detuvo la mano a un palmo de él, quedó un instante paralizado de terror, y al fin echó a correr hasta el almacén que estaba entreabierto. Había algunos obreros comiendo en las mesas y no quisieron hacerle caso. Le decían: «¿Quién es el que está borracho, él o tú?». Pero el sirio insistía, hasta que uno de ellos miró por la ventana y vio el bulto del hombre caído en el suelo. Entonces fueron detrás del muchacho. Suponían que era un accidentado. Cuando estaban ya cerca, el sirio les retuvo diciéndoles: «¡Fíjense bien en lo que le pasa!».

El hombre no estaba enteramente inerte, no parecía tampoco que hiciera por levantarse, pero se removía, agitado por una especie de lucha, en la que se veía bien claro que no podía ganar. Porque al empezarse a ver bien claro lo que estaba pasándole, por esto mismo empezaba a ser totalmente incomprensible, humanamente inadmisible.

El terror había paralizado a los cuatro hombres, hasta que uno de ellos logró soltarse de la repugnante fascinación rompiendo la cadena que inmovilizaba sus nervios y que estaba tramada por sus nervios mismos, contraídos, rígidos. Con movimientos convulsos como los de un cable que ha llegado a saltar por excesiva tensión, el obrero que se había destacado del grupo dirigió sus pasos otra vez hacia el almacén, y, una vez allí, hasta el teléfono. Le preguntaron qué pasaba, y respondió, pero su voz no era inteligible. Abrió la guía telefónica. Sus manos hacían temblar las hojas, impidiéndole ver los números. Alguien, una mujer, vino en su ayuda y adivinó, sin comprender sus palabras, lo que quería. Pasó atolondradamente las hojas, no encontró nada. Gritó para que viniese el almacenero a ayudarla y, entre los dos, arrebatando el teléfono de las manos del que estaba aferrado a él, pidieron la información de la central. Pero ninguno pudo retener en la memoria el número de la Asistencia Pública que la central había dado. Así, tuvieron que volver a llamar. Al fin, lograron la comunicación y pidieron una ambulancia, dando torpemente las señas del lugar donde se encontraban.

Entonces, todos los que estaban en el almacén

fueron a comprobar aquello que se obstinaban en no entender. Fueron todos, y el hombre que había ido al teléfono volvió con ellos. Fueron el almacenero y los mozos, otros obreros con dos mujeres que al principio no habían atendido, y la que había acudido al teléfono que era la que trabajaba en la cocina. Rodearon al hombre caído que ya no era un hombre caído: ya no era un hombre.

Aquel removerse que en un principio pudo parecer la lucha contra algún mal espasmódico que le sacudía no se había aplacado enteramente, pero se había ido convirtiendo en un temblor semejante al que agita a una masa espesa cuando comienza la ebullición. Pues el hombre, en suma, ya no era más que esto: una masa sin contornos. Se había ido sumiendo en sí mismo, se había ido ablandando, de modo que los dedos de sus manos ya no eran independientes entre sí, sino que la mano era una masa de color más claro que se fundía con la masa de color oscuro que era todo el cuerpo, envuelto en el traje, pues traje y calzado sufrían idéntica transformación que el hombre mismo. Todo ello se unía e iba afectando un carácter de material homogéneo, iba pasando del estado sólido, de un ser vivo que aún alienta, a una viscosidad que retemblaba y delataba algún vapor encerrado en ella pugnando por escapar en una burbuja, como un suspiro lento, y poco a poco empezaba a tomar la turbia transparencia de un ágata, tendiendo a volverse líquido, como las gotas de cera que se mantienen redondas porque el aire las comprime alrededor y les crea una película capaz de contener largo rato su masa sin dejarla extender.

Ya no conservaba relieve alguno que correspondiese a la forma que había tenido. Aquella forma quedaba aún acusada sólo por una especie de vetas que tardaban en borrarse del conjunto total, y naturalmente, este conjunto, al abandonar la solidez, se iba aplanando contra las losas, cubriendo un espacio cada vez más grande, hasta que, al fin, su falta de densidad fue haciéndole irregular el contorno, que acabó por romperse en aquellos puntos en que el nivel del suelo descendía, y se escurrió por entre las losas de la acera, buscando la cuneta. En aquel momento parecía que volvía a cobrar vida, esa vida con que los líquidos corren apresurados a ganar las partes más bajas, obedeciendo a una ley que el ojo humano no registra, y por eso parecen llenos de una sabiduría o de una voluntad que los conduce. Pero antes de llegar a la boca de la alcantarilla, se le vio detenerse y empezar a empaparse en la tierra. Parecía, primero, filtrarse por las junturas de las losas, y, después, la primera porción que quedaba sobre las planchas de granito empezó a reducirse como sumiéndose por los poros de la piedra. Su ligereza llegó a ser entonces como la de esos líquidos muy volátiles, cuya mancha, si se vierten en el suelo, empieza a mermar rápidamente por los bordes y desaparece sin dejar huella.

Antes de que hubiese llegado a desaparecer, se oyó la campanilla de la Ambulancia y el coche, doblando la esquina, vino a pararse junto al grupo de gente.

Los dos camilleros saltaron al suelo y empezaron a abrirse paso. Ya en el primer contacto con aquellas gentes que habían presenciado el prodigio hubo una ruda extrañeza por parte de unos y otros. Los que llegaban, empleaban el lenguaje usual. Preguntaban dónde estaba el hombre enfermo, si estaba aún vivo, quién se lo había llevado. Los que formaban el corro, no contestaban nada. Llevaban largo rato sin que entre sus labios, separados por el terror, pasase una sola palabra, y lo único que hicieron fue apartarse un poco para que llegasen y viesen. Pero los enfermeros exigían explicaciones. Miraban aquella mancha que se consumía por sí misma y no la reconocían como mancha de sangre. Estaban acostumbrados a encontrar en el sitio donde un hombre había caído la mancha que se vierte de las venas rotas, y aquella materia que estaban considerando no tenía el irrevocable carmesí que grita la piedad como razón última. Tenía un sombrío matiz, complejo como la angustia o el poder sin límites, y las preguntas de aquellos hombres, que no lograban entrar en la comprensión total del hecho, se perdían sin respuesta, como meros ademanes de una realidad ineficiente.

Entre los que habían asistido desde el principio, el silencio era una guardia sobre las armas que no podía deponerlas antes de la total consumación. Sólo el hombre que había logrado romper la cárcel de aquel pasmo y había establecido el contacto con los de fuera había quedado sin poder volver a entrar en él y sin poder volver tampoco a ser libre. La voz de aquel hombre sonaba entre las preguntas, no porque las contestase, sino porque no podía callar. Su sonido no era articulado. Era como una campana que moviese el viento, era, como ya quedó dicho, una vibración convulsa, semejante a la de un alambre que salta por excesiva tensión.

Sin querer ceder a la estupefacción, aquellos hombres curtidos en el servicio de socorro temían el engaño. Querían asegurarse de que no habían sufrido una burla, amenazando con investigaciones judiciales. Nadie les escuchaba. Los que tenían los ojos fijos en la pálida sombra que apenas se distinguía ya en las losas, lo más que hicieron fue alzarlos alguna vez hasta sus rostros, esperando verles ceder en su desconfianza. Pero los hombres se resistían, hablaban de una mentira acordada entre aquel grupo de gentes para encubrir el delito de alguno de ellos, y al fin, viendo que de un momento a otro desaparecería el último resto material del fenómeno, que no tenían valor para juzgar ni para negar, hablaron de llevar algo de aquello para analizarlo, e intentaron acercarse para tomar un poco, sin saber cómo. Entonces, una de las mujeres se interpuso y gritó o, más bien, exhaló, pues su voz era como un soplo lejanísimo: «¡No lo toquen!».

Los hombres del socorro retrocedieron. Los del grupo dejaron escapar un rumor, una especie de rugido, rechazando amenazadoramente aquella intrusión que turbaba los últimos momentos en que el prodigio iba a desaparecer sin dejar rastros. No querían perder aquel instante en que el último matiz se borraría, en que el último punto en que el grano de la piedra fuese aún afectado por un tinte extraño recobraría su color. Querían palpar con la mirada el suelo después que no hubiese en él ni un solo testimonio de la existencia que había embebido. Y al fin llegó a no haberlo. Entonces comprendieron que tenían que dispersarse, y el final, el definitivo y total término del hecho, empezó a conformarse a las distintas almas como a recipientes de formas diversas.

Efectos ilógicos, al parecer, imprevisibles desde cualquier punto de vista exterior, porque sólo obedecían a reacciones químicas, a fermentos, a resistencias o repulsiones. Así, los hombres últimamente llegados, que habían asistido apenas al desarrollo del fenómeno y que por tanto carecían de datos para dar fe de él, empezaron a anhelar aquella fe, y con lo poco que habían visto empezaron a gritar su convencimiento. Otros, en cambio, habían agotado sus fuerzas soportando el proceso desde el principio al fin y, al comprobarlo totalmente extinguido, se sentían liberados de su inhumana opresión, y perezosamente querían no creer que habían visto. Otros, trataban de armonizar lo que sabían cierto e increíble con las leyes de la razón ordinaria y decían que en el porvenir se progresaría lo suficiente como para encontrarle una explicación, o bien que había que aceptar las cosas vedadas al entendimiento que caían del cielo o de donde fuese.

El hombre de la voz que no podía reposar seguía delirando los gritos de su mudez, y de su garganta parecía a veces partir el mortuorio lamento de la hiena, a veces la azarosa armonía de las arpas colgadas al viento, a veces el acento de los profetas.

Todos se dispersaron por la ciudad y todos, menos éste, volvieron a sus vidas y faenas habituales, combatiendo unos el recuerdo hasta lograr lavarse de él, conservándole otros con gratitud y temor.

Sólo éste, el hombre que creyendo nada más ver gritó para despertarse, rompió su orden cotidiano, enajenó su vida al injertarla en la rama de aquella creencia en cuyo sentido, hostil a la mente, exento de toda ejemplaridad, se nutría una savia de locura.

No quedó sobre las losas ni un aura que advirtiese a los pasajeros dónde ponían la planta. Desde su puerta, el joven sirio vigilaba el lugar sin perder la certeza de los palmos de tierra donde todo había acontecido y, aunque nunca llegó a dudar, en algunos momentos su certeza era más firme porque la corroboraban ciertos hechos que, repetidamente observados, constituían una respuesta muda, más que muda, vaga o ambigua. Esa respuesta que se tiene al interpelar a aquello que sobrepasa las medidas humanas.

El muchacho veía a diario pasar sobre aquellas losas a los transeúntes ocupados en sus quehaceres y no esperaba de ellos ninguna señal. Pero cuando veía venir un perro, aguardaba ansiosamente. Sabía que la pureza irracional tenía que ser sensible al magnetismo que se desprendiese de aquel trozo de suelo. Y aunque nunca obtuvo una confirmación contundente, nunca tampoco fue claramente defraudado en su suposición. No llegó nunca a sorprender en el animal un movimiento de retroceso o titubeo que le hiciera decir claramente: al llegar aquí no pasa. Y sin embargo era el caso que no pasaba. Siempre, como unos metros antes, se desviaba sin mirar; o bien, al llegar ya al límite justo, parecía atraído de pronto por cualquier desperdicio que iba a revolver y olfatear frívolamente. Nunca, ninguno llegó a pararse en seco, a mirar derecho, como el hombre necesita mirar para ver. Sólo logró sorprender en algunos una ligera crispación de la oreja o bien ese curvamiento rápido del lomo con el cual parece que hacen escurrir el miedo hasta la cola.

Nunca logró observar más. Pero esto siguió observándolo indefinidamente sin que sus ojos errasen en una pulgada. El lugar donde el prodigio se había logrado estaba tan bien delimitado en su memoria como la planta de un templo cuyos cimientos no pudieran ser gastados por los siglos. Y siguió atendiendo a sus mercancías sin que nadie notase el misterio que acechaba, porque todos creían que lo que brillaba en su mirada oriental era esa oscura lámpara de fe que arde en los ojos negros que bebieron la luz en sus fuentes.

Tres pueblos y tres fuentes

Entraba ya en el año en que debía alcanzar el uso de razón. Por esta causa mi madre empezó a dejarme un rato después de cenar sin obligarme a ir a la cama, pero el rato no era muy largo y siempre me acostaba contra mi voluntad.

En el despacho de mi padre sonaba la máquina de escribir. La puerta quedaba siempre entreabierta y yo me dormía oyendo la máquina puntear; al mismo tiempo les vigilaba entre sueños.

Desde mi cuarto no se veía el despacho, pero por las sombras que cruzaban el pasillo, por los crujidos de las sillas, por cualquier ruido ligero, tal como el de dejar una cucharilla sobre un plato, sabía todo lo que estaban haciendo, y al mismo tiempo dormía; esto no me desvelaba. Sin embargo, fue justamente en aquella época cuando empecé a conocer el insomnio.

No creo que durase horas el tiempo que tardaba en conciliar el sueño, pero aquellos ratos de inquietud eran de un desabrimiento sin límites.

Una noche al ir a despedirme de mi padre vi sobre su mesa una hoja de papel cubierta de dibujos extraños. Mi memoria conservó muy bien la sensación, pero no los detalles del hecho real. Por ejemplo: cada vez que recordaba aquello me parecía que ya desde la puerta había visto claramente la hoja con su laberinto de rayas rojas, azules y negras. Y también, al reconstruir la escena, cada vez veía con más certeza el movimiento rápido de mi padre guardando la hoja en la carpeta al oírme entrar.

Ha sido necesario que pasasen muchos años para que yo haya llegado a comprender, más bien a deducir, que estas impresiones eran enteramente falsas. Pude haber preguntado a mi padre qué era aquello: ni mi educación ni mi carácter me lo impedían. Pero no lo hice, porque lo que había visto me había sobrecogido.

Otra falsa impresión que conservé fue la de creer que aquella noche ya me acosté profundamente preocupado. Seguramente no fue así; es probable que me llevase a la cama una inquietud y que pasase algún rato angustioso por haber inhibido mi curiosidad. Pero creo poder asegurar que no pensé nada en concreto.

Está ya todo demasiado lejos para alcanzar a ordenar los detalles cronológicamente, así que no puedo precisar cuál fue el segundo ni el tercero, pero sí que se sumaron en poco tiempo unos cuantos y que mi preocupación se estructuró sobre ellos.

En el despacho seguía oyéndose ruido de cucharillas de café, y a veces, ya muy tarde, el agradable resoplido de un sifón. Al levantarse, mi padre tenía cara de cansancio, y mi madre se veía que llevaba dentro de la cabeza una maquinación que yo adivinaba idéntica a la mía. Ponía en parangón el gesto de recelo y angustia que observaba en ella con las contrariedades que estaban al alcance de mi comprensión, y no convenía a ninguna. Sólo se plegaba a aquello que era la preocupación mía.

Tampoco le pregunté nada. Pasé muchos días acechando la fijeza de su mirada, y cuando le hablaba, notaba una especie de retardamiento en sus respuestas, que siempre habían sido rápidas. Sabía que la presión que hacía mentalmente sobre ella acabaría por dar resultado.

Una mañana, al aparecer mi padre en el comedor, mi madre dijo como conclusión de todo lo que cualquiera de nosotros pudiera estar pensando:

—Te vas a volver loco con esas cosas.

Oír aquello me causó tal sobresalto que me ofuscó enteramente, y no vi con precisión la reacción que tanto deseaba ver. No estoy seguro de que mi padre sonriera ni de que su sonrisa fuera frívola ni de que la frivolidad fuera fingida. Sólo me di cuenta de que habían hablado de *aquello*. Y poco después entraba yo en el despacho subrepticiamente y encontraba en el cesto de los papeles trozos de hojas con dibujos, en pequeños pedazos, que no intenté componer. No era necesario, porque una de las hojas estaba casi entera, hecha una pelota, y desdoblándola pude apreciar el trazado sin comprender nada. Observé solamente unos puntos negros, hechos con lápiz-plomo, de donde partían líneas negras también, y junto a ellas, en unas partes paralelas, en otras divergentes, líneas trazadas con el lápiz de dos minas, unas rojas, otras azules, que formaban como caminos o vías intrincadas.

No me sorprendió nadie en mi trabajo de investigación, y seguro de haberlo hecho a fondo quedé con la certeza de que aquello excedía en mucho a mis conocimientos.

Esperé que el ambiente de mi casa hiciera crisis, pues yo creía sentirlo excesivamente cargado; pero, contra mis suposiciones, fue aplacándose. Mi madre recobró su vivacidad, e incluso en alguno de los diálogos, siempre breves, que mantenían entre ellos sobre las dificultades prácticas de la vida la oí aventurar frases optimistas. Igual que antes sondeé el fondo de su ánimo y encontré aquella ráfaga de esperanza que, a juicio mío, tenía que provenir de lo mismo.

Durante un cierto tiempo viví con la seguridad de que en ello debía estar la clave de nuestra fortuna.

No me duró mucho la tranquilidad. Una tarde llamaron a la puerta y la muchacha vino diciendo que un agente preguntaba por mi padre. Los dos se miraron consternados. En esto no puso nada mi imaginación. Titubearon un rato, fueron a salir al mismo tiempo, pero mi madre empujó a mi padre hacia dentro, indicándole con el gesto que guardase silencio, y salió ella sola.

Habló más de quince minutos con el agente en la antesala. Al final le hablaba en tono confidencial, como se habla a un pariente próximo. El agente se fue, saludándola cortésmente.

Yo estaba seguro de saber con qué se relacionaba la momentánea alarma, pero tuve que convencerme pronto de que no tocaba ni de pasada el tema de mis preocupaciones. Tuve que enterarme de que el peligro que acababa de conjurarse no era más que el pago, varias veces postergado, de un impuesto cualquiera.

Mi preocupación descendió nuevamente y pasó por todas las sinuosidades a que pueden dar origen las frases ambiguas y hasta los simples cambios de humor.

Recuerdo que aun tuvo otro momento culminante. Durante unos días hubo agitaciones públicas. Probablemente era época de elecciones. La prensa traía pormenores de atentados y fusilamientos, pero al oír leerlas sólo me aterraba la palabra *registro*. La oí muchas veces y empecé a observar si mi padre echaba la llave al cajón de sus papeles, si trasladaba cosas de un sitio a otro, si dejaba algo en la carpeta. Después, en la cama, pensé que las llaves eran inútiles en un caso así, e igualmente todos los escondrijos habituales. Entonces me puse a imaginar lugares que no pudieran ser advertidos y que, en caso de serlo, no presentasen indicio alguno de contener un secreto. Los muebles y el entarimado no pasaron siquiera por mi cabeza. Las pastas de algún libro disimulado entre muchos ya me parecía mejor. Pero lo único que me inspiraba algo de confianza era el collar del perro. Pensaba que un plano trasladado a papel muy fino podía ocultarse perfectamente entre el cuero y el fieltro que lo forraba, y que no había que hacer más que enseñar al perro a echarse a la calle, a la menor indicación. Al día siguiente de concebir este plan me puse a ensayarlo, y el perro aprendió pronto que cierto movimiento que yo hacía con la mano le ordenaba bajar a la calle, so pena de un grave castigo. Pocos días después empecé a temer que el truco fuese conocido. Dudé de que se me hubiese ocurrido a mí mismo. Creí más bien haberlo leído en algún cuento policíaco, y lo di al olvido.

La ciudad quedó otra vez en calma, y mi preocupación sucumbió por sí misma. Se agotó de pronto sin volver a reproducirse, y no porque hubiese nada que me sacase del error o que me descubriese la incógnita. La emoción perdió su eficiencia y dejó el lugar a otras cosas que el tiempo fue trayendo.

Detalles circunstanciales me hacen recordar con precisión la fecha: por esto sé que esta obsesión ocupó mi pensamiento durante varios meses entre los seis y los siete años.

Doblaba ya la edad que tenía entonces, cursaba el secundario, cuando un día, al revisar mi padre las notas del colegio, se le ocurrió comentar:

—Siempre tienes la nota más alta en dibujo geométrico.

Y empezó a hojear mis ejercicios, que eran perfectos.

Entonces volví a tener la certeza de que nuestros pensamientos concurrían. Sentí con toda seguridad que mi padre pensaba en *aquello*, como si fuese un tema que nos hubiera ocupado minutos antes, y sobre todo como si la asociación de ideas fuese forzosa y exclusiva. Además, ningún misterio esta vez, ningún peligro aparecía al abordarlo. Contesté:

—El dibujo geométrico es lo que más me gusta, como a ti.

No he de reproducir la discusión ni describir el trabajo arqueológico que tuve que llevar a cabo en la memoria de mi padre. Cuando llegué a poner en pie el recuerdo de la hoja con líneas de colores, mi padre rechazó todos los calificativos que yo le daba. Aquello no era un dibujo lineal. Aquello no era un plano: era un simple pasatiempo. Se retractó y dijo:

—Bueno, era un problema.

Y allí mismo, en el revés de las pastas de mi cuaderno, empezó a brotar el laberinto entrevisto.

Primero, tres puntos, separados entre sí por espacios como de dos centímetros. Debajo, otros tres, a igual distancia, componiendo entre todos una figura semejante al seis del dominó. Tres de ellos eran tres fuentes, y los otros tres, tres pueblos. El problema consistía en hacer partir de cada fuente tres conducciones de agua que surtiesen a los tres pueblos. Cada pueblo debía recibir tres ramales, uno de cada una de las fuentes, sin que ninguno de ellos se cruzase con otro.

Cuando al día siguiente mi madre encontró el cuarto lleno de papeles cubiertos por inextricables madejas de líneas, gritó que era un disparate haberme contagiado tal locura. Mi padre entonces me dijo de modo terminante y tan natural como si su afirmación pudiera parecer verosímil:

—No insistas; es un problema sin solución.

Pretexto ingenuo fue lo único que me pareció.

¿Cómo podía no tener solución un problema tan bello en su planteamiento, tan regular, tan armonioso? Y sobre todo, ¿a quién puede ocurrírsele plantear un problema que no se pueda resolver?, etcétera. Éstas eran mis reflexiones.

Incansablemente sobre el papel cuando estaba solo, y cuando había gente delante por medio de una gran concentración mental, perseguía la solución.

Mientras comíamos, en el tejido del mantel, mientras me bañaba, en las baldosas del suelo, elegía puntos alineados en forma conveniente y ensayaba alrededor de ellos el trazado de todos los caminos posibles. Otras veces, sin apoyo alguno en la realidad —para esto tenía que estar en la cama y en completo silencio—, lo planteaba mentalmente. Pero entonces no eran puntos: eran verdaderos pueblos y verdaderas fuentes. Para no confundirme en la red de conductos, una fuente mandaba sus ramales como arroyos bordeados de árboles, otra como canales encintados por márgenes de cemento, otra dentro de tubos hundidos en la tierra. Este procedimiento lo empleaba cuando estaba ya cansado de la tensión especulativa, y en él me abandonaba sólo a la contemplación. Me alejaba de la finalidad perseguida y andaba vagando por allí.

No sé si aún estaré sufriendo el espejismo que sobre los recuerdos demasiado reverberantes hace brotar catedrales, cataratas o cordilleras, pero me siento impulsado a decir que, de meditar en el problema, derivaba a vivir su atmósfera, su flora y su fauna.

Pues bien, en momentos así creía de pronto sorprender al sesgo una solución no intentada y saltaba otra vez a la prueba, dominado por el desvelo y seguro de haber alcanzado un chispazo de clarividencia fuera de lo natural.

Olvidaba anotar que no me limité a trabajar el problema sólo por mi cuenta. En el colegio hice a algunos compañeros de estudios participar de él. Empecé dejándoles ver mis papeles e intrigándoles, sin aclararles nada. En seguida, por el modo de manifestar su curiosidad, fui discerniendo los que merecían ser iniciados, y aun de aquellos que elegí al principio tuve que desechar varios. Pero uno o dos quedaron como verdaderos adictos. Al encontrarnos por la mañana nos rendíamos cuentas de las nuevas combinaciones ensayadas, que siempre habían sido en vano. Pero todos habíamos creído tocar la verdad en algún momento.

Entretanto, no había dejado de oír en mi casa alusiones, directas o indirectas. A veces implicaban una burla despiadada de mi obstinación, a veces llegaban a razonar manifiestamente la estupidez de empeñarse en no admitir que lo imposible es imposible.

Tales discursos no tuvieron nunca el menor peso en mi ánimo. No me paré a analizar lo que pudiera haber en ellos de razonable. Mientras el problema conservó la savia natural que da sustancia a la intuición, siguió rebrotando, y después, como la vez anterior, se mustió por sí mismo.

¿Doblé nuevamente la edad? Es posible. Sin duda estaba más cerca de los veinticinco que de los veinte años cuando no sé por qué azar surgió en mi cabeza el recuerdo del problema. Lo que sé es que no fue el problema lo que surgió, sino el recuerdo. Esta vez no apareció en mi memoria la imagen de su laberinto seductor. Apareció sólo el aura de un tiempo y de un lugar; en suma: apareció todo lo que llevo narrado.

Ahora, desde la cuarta etapa, que es la actual, recuerdo la tercera, que ya había sido sólo recuerdo, y sin alcanzar a reconstruir el porqué, seguramente accidental, de encontrarme en aquel sitio, veo con toda claridad en mi memoria cómo y dónde estaba yo en el momento que recordaba. Había junto a mi cabeza una cortinilla floreada que se recogía en el marco de la ventana. Fuera, detrás del cristal, un fleco de goterones que caían del alero. Y lejos, al lado derecho, una montaña donde diversos nublados venían a agolparse, confundiéndose, chocando o sobrepasándose unos a otros. Enfrente, del otro lado de la mesa, un caballero venerable. Creo que no llegué a saber su nombre, pero recuerdo perfectamente las venas que se le transparentaban en los temporales, bajo la piel.

Habíamos guardado silencio durante toda la comida, pero en la sobremesa forzosa —el tren reposaba en la vía, se dividía, se alejaba, volvía al andén y nunca llegaba a estar compuesto— cruzamos algunas palabras. Mientras tanto, mi comensal fue haciendo de una servilleta ranitas de papel. La conversación que sostuvimos fue una conversación corriente, sin llegar a ser trivial. Temas profesionales, con exposición de alguna opinión propia, por las dos partes. Todo el tiempo que duró la espera estuve recordando. Acaso la idea de pasatiempo, las manos del venerable caballero doblando cuidadosamente el papel de seda. No sé por qué, pero recordé las dos épocas de mi vida que llevo contadas. Naturalmente, no hablé de ello. Por debajo de una de esas conversaciones ponderadas que se sostienen en sociedad, sostuve el acaloramiento del clima cordial que mis recuerdos despertaban, evitando que mi vecino de mesa percibiera el desdoblamiento de mi imaginación, que se pluralizaba, no sólo en el rememorar, sino en vigilar el posible desdoblamiento de la suya, porque hablábamos acordes de los indiferentes menesteres del mundo, pero las miradas de los dos concurrían en las ranitas de papel que el caballero había puesto en el centro de la mesa como dioses lares.

El recuerdo, una vez despertado, intentó dominarme de nuevo. Digo que intentó porque lo que no se repitió esta vez fue mi entrega. Alrededor de los numerosos afanes que llenaban entonces mi vida, mezclado a las impresiones de todo lo externo, a los hechos que determinaban mi conducta o la ajena, aparecía pertinazmente unas veces visto de un lado, otras de otro y siempre como un circuito cerrado. En fin, preciso es decirlo: como un problema sin solución. Pero tampoco he de omitir que en el lugar que la antigua emoción había ocupado empezó a hervir un prurito de búsqueda, distinto, muy distinto del tesón especulativo. Era sólo como un impulso de rotación sin avance posible, como el del perro que se busca la cola. Y a veces, tras aquel ejercicio, me parecía alcanzar... No me parecía nada. Sucedía que después de haber recorrido con mi memoria toda el área del recuerdo, después de haberlo repasado en su conjunto y en cada una de sus partes, disipando el tiempo en revisar su carga psicológica, sus efectos y derivados sentimentales, surgía de pronto su poder abstracto o más bien desnudo.

Cuando la imagen del trazado, materialización del problema, pasaba por mi cabeza, ya no estaba animada del antiguo misterio, y ya no retenía yo tampoco en mi memoria, como en la etapa de las pruebas, el incalculable número de combinaciones intentadas que pudiese hacerme encontrar fidedigno el descubrimiento de una más. Sin embargo, de improviso, y sin apoyo alguno en la forma concreta, se me evidenciaba una apariencia indubitablemente intacta, que brillaba o más bien borbotaba como una risa incontenible. Entonces me sentía también arrastrado por ella, pero no con la ingravidez de la esperanza, sino con la ansiedad de la sospecha.

Aún me queda por señalar que no llegué a coger el lápiz. Me faltó el valor o la confianza. La idea de alargar la mano hasta un objeto, respondiendo a aquella oscura certeza, me llenaba de un rubor insuperable. Ese rubor que se siente cuando se intenta repetir un signo demasiado amado y demasiado abandonado.

Ahora no he llegado a doblar la edad. No he esperado más que alrededor de diez años para decidirme a pensar en esto, pues afirmo que lo hago por voluntaria decisión. No cedo esta vez a evocación ninguna; mi mente no se encuentra en este punto encadenada por asociaciones de ningún género. Si no es que se obra en mí una proporción directa entre disociación y asociación.

Ésa sería mi única gloria.

En resumen: aún me queda el deber de decir que

ahora puedo reflexionar en todo aquello y escribir estas páginas sin que al coger la pluma me haya envuelto el sonrojo que no superé cuando el problema me pedía una prueba más. Ahora tengo que anotar a la luz del mediodía que sé bien que el problema no tiene solución.

Y ésta es la última e imperecedera forma de mi constancia. Esta narración, que atestigua cómo las cosas fueron, paso a paso, en su simple desarrollo, que he tratado de reproducir como fiel cronista.

ICADA, NEVDA, DIADA

En la ciudad de las grandes pruebas

No diré el nombre ni la situación geográfica de la ciudad donde viví esta aventura: diré solamente que había ido a ella por amor. Pero no se entienda que fue alguna vicisitud amorosa lo que me llevó hasta allí. No: yo había ido a aquella ciudad por amor a ella.

Si enumerase aquí los datos que le habían hecho alcanzar tanto prestigio en mi imaginación, podría parecer mi inclinación hacia aquella ciudad cosa perversa o insana, pues, en realidad, lo que me atraía era su renombre de lugar de perdición. Y es el caso que entre los secretos designios que durante tanto tiempo estuve abrigando no figuraba el de arrojarme en su torbellino para dejarme perder, ni tampoco el de pasar inconmovible por entre sus tentaciones. Era otra cosa lo que deseaba: quería ver, únicamente contemplar, algo que sabía que había de darse allí. Yo había intuido, no sé por qué, que entre sus arenas y escorias encontraría de pronto un residuo brillante, estaba seguro de que la floresta de pecado que la cubría podría ser de algún modo decantada; yo sabía que los vapores, los líquenes y salitres del mal, por su misma acumulación, llegarían a adquirir en ella una dureza pétrea, llegarían a cristalizar, dejando paso a la luz a través del propio ser de su impureza. Quería, en fin, descubrir su virtud, quería, no redimirla del pecado, sino encontrar en ella la redención del pecado mismo.

Muchas veces, en otros países, había cantado sus canciones, creyendo que al oír en mi propia voz su acento brotaría ante mí la revelación, único espejismo que no es falaz. Pero el eco de mi voz era demasiado el eco de mi voz. Quiero decir que como respuesta sólo obtenía la onda apasionada que mi voz había emitido, y, sin embargo, mi voz había seguido fielmente una melodía y un ritmo dados. Había copiado, leído un misterio que provenía de allí. En fin: era preciso ir a ver, y fui.

Nada más llegar, comprobé que el trazado de sus avenidas, su clima, su luz, eran tal como yo los había imaginado. Es posible que haya quien sostenga que posee como otras ciudades monumentos y edificios públicos, que en su recinto hay casas con habitaciones donde se extiende un mantel blanco al mediodía, y que sobre todas estas cosas se arroja el sol, iracundo: yo todo eso lo ignoro. Yo la encontré como la esperaba, yo no vi más que la noche de sus recovas, y pude leer en ella palabras terribles e incomprensibles, escritas con letras luminosas, por las que circulaba el gas ígneo, vibrando de impaciencia. Yo me abandoné a sus puertas giratorias, cuyas hojas pasan inapelablemente y empujan y dejan del otro lado. Pasé por todas, y una vez dentro mi mente se dilató pasiva, superficial y tersa como un espejo, donde las maravillas elementales iban reflejándose, mirándose más bien porque yo no necesitaba mirarlas: todas me eran conocidas, y cuanto más conocidas, más maravillosas las encontraba, pues sólo el que ha visto más de cien veces el doble fondo de las maravillas, el que ha osado entrar en sus cavernas, el que se ha aventurado por sus gargantas, el que se ha dejado arrastrar, precipitar o sacudir por sus máquinas, siempre con éxito, esto es, con emoción, sólo ése posee el verdadero conocimiento: el que hace que el saber cómo son y en qué consisten no merme en nada la dimensión de su misterio. Poseyendo este conocimiento, la inteligencia y la razón, enteramente sumisas a la fe, quedan deslumbradas por el iris de la magia, que es la más ardiente reverberación de la esperanza.

Pero en fin, no hay por qué hablar de mis conocimientos. ¿Podría la idiosincrasia de un hombre servir de pretexto a un prodigio? Describiré someramente algo de lo que vi al principio, antes de llegar a la ofuscación.

No estaba excluido de allí el lado más pueril del goce, como es el carrousel con música de esquilas, con flecos de cristal sobre las grupas de los caballos blancos; se podía girar en él indefinidamente y nada más. Luego había también casetas de tiro al blanco con escopetas que disparaban proyectiles de luz. El blanco donde se apuntaba era un espejo que tenía el poder de absorber a través de la oscuridad de la noche la imagen de las aves que pasaban por el cielo.

Había que apuntar bien y esperar que pasase un pájaro y sólo pasaban pájaros nocturnos que caían irremediablemente si recibían el impacto de aquella luz mortífera. Pero caían lejos y caían en el agua porque la ciudad estaba situada en la costa de un río. Entonces, del puerto mismo, descendiendo por unos rieles, partía una barquilla en la que podía uno meterse con tres o cuatro perros mecánicos insumergibles que había que poner a flotar y que derivaban por la corriente difundiendo en el aire ladridos monótonos de duración limitada.

Casi nunca se llevaba a efecto la búsqueda del pájaro caído, porque otras mil peripecias desviaban el curso de la barquilla, que se perdía a veces en el laberinto de un delta, cuyas emanaciones hacían olvidar todo propósito anterior. El olor de los limos se levantaba en olas densas, desprendiéndose de las ondas oleosas del agua, que curvaban insistentemente los juncales y arrastraban pesadas plantas flotantes. Como un beleño irresistible, el cieno, quintaesenciado, hacía brotar visiones semejantes a las de la embriaguez y entre las matas, húmedas por haber estado sepultadas bajo las ondas, se veían cabañas iluminadas y habitadas por seres que contrastaban con los rústicos techos de paja y con lo ilógico de su situación, porque eran hombres y mujeres del siglo, correctamente, refinadamente, exquisitamente vestidos. Salían y entraban, paseaban enlazados, bailaban al ritmo de una música que sonaba dentro de las cabañas y a veces desaparecían entre las matas iluminadas a trechos por luces verdes o de color grosella que dejaban, entre unas y otras, zonas de profunda sombra donde las parejas blancas —hombres admirables, mujeres fulgurantes de joyas— se abandonaban sobre lechos de césped o de oscuridad.

Al avanzar la barquilla, el agua que desplazaba invadía aquel mundo y lo cubría totalmente, pero cuando retrocedía la onda, aparecía de nuevo sin que se hubiese apagado ni la música, ni las luces, ni el clima de los abrazos. Pero el que iba en la barquilla no podía nunca entrar allí, no podía saltar ni echarse al agua: si lo hacía dejaba de verlo todo, revolvía el cieno y la visión se enturbiaba. Aquello sólo se podía ver desde arriba, en una palabra, desde un mundo distinto.

Con lo dicho basta para dar a entender que todo era como yo lo había soñado. No descubriré los vanos o puntos muertos que tuve que atravesar a veces para ir de un lado a otro. En algún momento desfallecí y creí que no tenía sentido continuar, pero no pude detenerme, seguí llevado por la inercia. En algún otro instante creí que iba a alcanzar la cúspide desde donde se abarca la visión cegadora, pero el instante pasó sin llegar a culminar en nada. De pronto me sentí confundido entre los demás, atropellado, llevado por una multitud que se precipitaba con torpeza por un callejón de tablas, apelotonándose en la estrechez de aquel reducto con movimientos propios de otras especies zoológicas. Acaso montándose los unos sobre los lomos de los otros..., quién sabe si yo mismo, sólo recuerdo los choques de aquel tropel, como un lenguaje desusado, pero no incomprensible, puesto que me persuadía, me transformaba, me adaptaba a una ansiedad irracional apenas iluminada por la preconcebida ilusión.

Al fin, aquella multitud se desparramó buscando asiento en unos bancos inseguros, y yo entre ella logré alcanzar uno de las primeras filas, cerca del tablado. Estábamos dentro de un barracón oscuro; la lona del techo quedaba sostenida por dos mástiles plantados en medio y las vertientes que formaba desde el centro hasta las paredes eran curvas, abombadas, como si soportaran un peso: la noche reposaba blandamente extensa sobre ellas.

En el tablado había unas formas cúbicas que en la penumbra del recinto era difícil precisar. Por entre las cortinas del fondo salió una muchacha abrochándose una bata de enfermera y empezó a hablar al público. Preguntó primero si había alguien que quisiera consultar algo. Tuvo que repetir la pregunta varias veces. Al fin, dos o tres personas se removieron en los bancos y la muchacha les dijo que se acercaran. Les hicieron hueco en la primera fila. Tenían que meditar bien lo que fuesen a preguntar, porque la respuesta sería únicamente sí o no. Además, ese sí y ese no serían imperceptibles para el oído, pues la sibila no podía emitir sonido alguno: la respuesta tenía que ser formulada únicamente con el movimiento de los labios.

Al llegar a ese punto de su explicación, la joven oprimió un conmutador eléctrico y un foco pálido, como de luz lunar, cayó sobre el tablado; entonces se pudo ver que la forma cuadrangular que había en medio era una especie de armario esmaltado de blanco, con las esquinas redondeadas, asegurada la puerta con profusión de llaves metálicas y que de los costados partía una red de cables que llegaban a otros armarios. En ellos a su vez, llaves, esferas con agujas movedizas, conmutadores.

La joven reanudó su explicación: dijo que la sibila se había prestado voluntariamente a aquella prueba. El sabio que había llevado a cabo el experimento había sucumbido, víctima de las fuerzas mortíferas con que había vivificado la cabeza de la sibila, habiendo logrado hacer de ella el cerebro perenne. ¿Cómo había concebido este sabio tan grandioso propósito? Muy sencillamente... Esta frase también la repitió la muchacha dos o tres veces, paseándose de un lado a otro del tablado. Se dirigía al público de la derecha y al de la izquierda, y decía: «Muy sencillamente... Muy sencillamente...». Su voz era maquinal, mercenaria, y esto mismo demostraba que el prodigio que íbamos a ver allí era igual que los que se ven en cualquier otra ciudad, en cualquier otra barraca; todo era completamente igual, sin más que una única diferencia: la de que aquí el prodigio era verdadero.

El sabio había concebido el propósito... Mientras hablaba, la muchacha oprimió el segundo conmutador y la puerta del armario empezó a abrirse lentamente; luego, siempre explicando, fue hacia los armarios laterales y maniobró en ellos. En contraste con la lentitud de la puerta que se abría, mil ruidos presurosos llenaron el ambiente. Sin que se viese lo que había entrado en movimiento, se oyó correr algo que sonaba, como un trenecito de juguete, y al mismo tiempo por toda la escena vibraron chispas que se encendían en las conjunciones de ciertos polos, zumbando, como las alas vítreas de las moscas presas en la telaraña. Mi atención fue fascinada un momento por aquellas chispas pero en seguida volví a mirar el armario. La puerta estaba enteramente abierta, y dentro, entre paredes de una blancura desolada como de hielo, la cabeza de una mujer aparecía con los ojos cerrados, no dormida ni muerta, sino simplemente detenida en su energía mínima. Energía que no podía percibirse más que en la tensión de las facciones que no denotaban relajamiento, peso ni flaccidez. Su quietud, como la quietud de una estatua, representaba la vida y la vida de alguien, pues, aunque sus rasgos eran muy correctos, no tenían una corrección abstracta, eran personales como los de una cabeza romana. El pelo estaba amontonado encima del cráneo, parecía que lo hubiesen recogido allí con una mano mientras con la otra la decapitaban.

Todo esto puedo describirlo porque lo observé antes de que abriera los ojos: después abrió los ojos.

Naturalmente, no volví a prestar atención a lo que decía la explicadora, pero la oía, sabía que sus palabras iban cayendo en mi oído y que alguna vez llegarían a serme comprensibles. En aquel momento sólo encontraba sentido en una, aunque me pareciese convencional y tópica. No comprendía por qué al hablar de ella decía la *sibila* y al mismo tiempo comprendía que no podía llamarla de otro modo. Al levantar los párpados había descubierto una extensión de sabiduría por la que podían aventurarse todas las preguntas; todas las simples cuestiones de los humanos, que esperaban allí, en primera fila, el momento de acercarse a hablarla.

Fueron subiendo al tablado uno tras otro. Hablaban tan bajo que sus voces no llegaban hasta los bancos, pero se veía la respuesta. La cabeza decía sí o no con los labios. Ni el menor aliento pasaba a través de ellos. Y todos, los que estábamos cerca como los que estaban lejos, por un aguzamiento extremo de la atención, percibíamos distintamente las dos palabras, como perciben el lenguaje los sordomudos: la boca se distendía ligeramente en la afirmación y se retraía en la negación, con movimientos leves pero irrevocables. Y los que preguntaban, bajaban del tablado después de haber obtenido la respuesta, unos abrumados, otros llenos de esperanza.

Al fin, la muchacha de la bata blanca oprimió el conmutador y dijo: «Ha terminado». La cabeza cerró los ojos y la luz lunar se extinguió, la masa humana volvió a estrujarse en otro callejón y salió al aire libre.

Me encontré de nuevo en un vacío áspero, casi insoportable. Los ruidos del exterior me resultaban tan colosales que mis sentidos no podían registrarlos; sólo percibía mis pasos en la grava del suelo, el chisporroteo de las estrellas y el manto de claridad que algunos focos extendían a distancia. Llegar hasta ellos era empresa sobrehumana, era atravesar un océano de arena. Acaso la distancia aquella podía medirse con unos treinta pasos, pero no sé cuánto tardé en franquearla. Bebí ávidamente un vaso del alcohol más bronco, y lo sentí llegar hasta la punta de los dedos, como si se esparciese por mis venas, de donde la sangre se hubiese retirado. Esperé que la ola de calor iluminase mi inteligencia: quería comprender lo que había visto, concentrarme en la contemplación del fenómeno. Pero me ocurría que al mismo tiempo que me reconocía enteramente poseído por la impresión de lo que acababa de ver, otra imagen me acosaba, enteramente extraña a todo ello, trivial aparentemente, de procedencia insospechable. Sólo discernía que era una imagen antigua, un recuerdo de una época anterior; pertenecía al mundo de donde yo había venido, acaso al tiempo en que mi deseo de venir era más loco. Y no podía comprender por qué aparecía ahora, por qué reclamaba mi atención, que estaba enteramente embargada por el presente, como si tuviera un antiguo derecho, como si quisiera interponerse entre mi pensamiento y la otra imagen.

Bebí con tesón, como quien añade combustible a una lámpara. La imagen intrusa era tan trivial que decidí aniquilarla mediante el análisis. Era probablemente un cromo, un calendario antiguo, la estampa de uno de esos rompecabezas de dados. Era una mujer envuelta en pieles resbalando en un trineo por las estepas de Rusia... Era esto y nada más. Creí poder desecharla. Volví a concentrarme en la imagen de la mujer decapitada, recorriendo sus rasgos, sumergiéndome en su silencio: inútil, la imagen trivial reaparecía, y, lo que es más, le robaba a la otra su clima. Aquella imagen de una mujer lujosa, entre la neblina de un manto de chinchilla, con un ramo de violetas en el pecho —cada vez distinguía más detalles—, se rodeaba de un aura idéntica a la de la cabeza sin voz ni aliento.

Salí a la puerta del bar con el vaso en la mano.

Los focos proyectaban en el suelo la sombra de las hojas de los plátanos. Aquella sombra, ¡también!, también aquella sombra en el suelo tenía el mismo clima. Di algunos pasos y me paré bajo el árbol, me detuve allí como se detiene uno a hablar cuando va con alguien, y creí oír una voz grave y noble diciéndome en una lengua que no era la mía: «Este año vimos en Rusia...».

El enigma quedó descifrado, el cromo desapareció de mi fantasía y sus valores ficticios fueron sustituidos por los del recuerdo real. El paisaje de Rusia se redujo a una palabra, el ramo de violetas a un perfume, la sombra de las hojas de los plátanos a una avenida de castaños.

¡Qué penoso, qué arduo me fue recordar desde el delirio la vigilia y la lucidez! Recordar lo que había sido yo, yendo por aquella avenida junto a una mujer real, que hablaba y me contaba un mero hecho de su observación, me producía terror y vértigo. Desde mi situación actual, empapado por el alcohol de un prodigio verdadero, el recuerdo de aquel paseo por una realidad llena de ignorancia, era una imagen pavorosa y lo contemplé con terror de mi nueva comprensión que ahora podía penetrarla.

Apoyé la espalda en el tronco del árbol y mentalmente *nos* seguí. Vi cómo íbamos con paso largo y lento bajo el ramaje admirable de aquel parque prestigioso, uno de los más prestigiosos del mundo, llegamos hasta un estanque que era como un lecho de agua con una cabecera arquitectónica de piedras ahumadas, entre las que se veían estatuas representando la cruenta historia de Polifemo. Nos apoyamos en la barandilla. Bajo el agua, entre los troncos de las ninfeas, pasaban lentas carpas, grises. Allí acabó mi amiga de contarme aquella historia que había empezado con las palabras: «Este año vimos en Rusia...». Lo que había visto, en un laboratorio, no era más que la cabeza cortada de un perro que unos investigadores mantenían viva indefinidamente.

Al recordar todo esto desde allí, apoyado en el árbol, no me detuve en los detalles del relato: me hundí en la contemplación del silencio que lo siguió. Recordé cómo había sostenido un momento la mirada de mi amiga, que me dejó ver el fondo de sus ojos bajo sus cejas como dos arcos solemnes, como el dintel de una cripta, y no respondí nada, no pregunté nada: cargué con la confidencia de la soledad que descubrí en su espacio.

Después, todo aquello había resbalado en el olvido: una estepa de olvido me había separado de aquel mundo. Su realidad, llena de ignorancia, había dormido bajo la impiedad helada de mi memoria, y de pronto germinaba, se desarrollaba como la hoja del helecho, que de una apretada voluta desenvuelve un minucioso encaje.

Quedé al fin liberado de la obsesión intrusa y la dejé nuevamente hundirse en el olvido, pero nada más que en sus detalles reales: todo aquello del paseo y de las palabras que ella me dijo. El silencio ya entonces pertenecía al universo de ahora. A la ciudad de los misterios y las maravillas, de los grandes experimentos, de las grandes pruebas.

«Ella se había prestado voluntariamente...» A pesar de ser por completo profano, todo me resultaba perfectamente claro, era muy sencillo, como repetía la explicadora, era una simple acumulación de energía. Había bastado amputar el cuerpo para regular infinitesimalmente la economía del cerebro. En éste se guardaban todos los datos obtenidos por aquél en el transcurso de una vida adulta, pues, claro está, el experimento no se podría efectuar con individuos que no hubieran alcanzado un grado de plena madurez si no se quería correr el riesgo de hacer evolucionar el cerebro sobre ciclos limitados, de hacerle desplegar una energía de pensamiento meramente funcional y pobre o defectuosa en el encadenamiento de consecuencias. Tampoco se podría experimentar con individuos que hubiesen empezado ya a descender en la curva de la tensión vital, pues en ese caso el cerebro podía haber acumulado datos impuros, efectos de una materia decadente o relajada. La prueba tenía que efectuarse con un organismo en su punto más alto de potencialidad, pues sólo en ese momento es cuando el acto *voluntario*, acto íntegramente espiritual, involucra las fuerzas vitales y, por decirlo así, las arrastra y las lleva consigo.

No había formulado la explicadora absolutamente nada de todo esto, pero se sobreentendía. Ella no hablaba más que de la forma en que la cabeza era activada por la energía de tres mil millones de voltios que equivalían exactamente a la fuerza sumada de trescientos mil organismos, esto es, el cerebro perenne podía ser considerado como el cerebro de trescientos mil cuerpos o, más bien, como un cerebro de una potencia de trescientos mil. Potencia que permanecía en su circuito sin sufrir descarga alguna, evolucionando dentro de su unidad y manteniendo una actividad ilimitadamente generadora. Así esta fuerza encerrada en sí misma multiplicaba sin parar unidades de experiencia como se multiplican las células, creando una reserva de respuestas para todas las cuestiones posibles.

Trato de hacer comprensible, mediante una explicación ordenada y en lo posible lógica, la enajenación a que me llevaba el comprender. Comprendía hasta la locura, veía hasta la ofuscación lo que había dentro de aquel mecanismo vivo —muy lejos de ser una máquina—, que era algo como una imprevisible floración fuera de las leyes de la naturaleza, o más bien fuera de las leyes usuales, pues sin una ley sobrenatural la armonía infinita de su secreto no seguiría desenvolviéndose. Habían sido necesarias unas circunstancias materiales, unos cuantos detalles contingentes como era el clima helado del interior del armario que impedía que la materia perdiese su integridad, como era aquella energía, implacable como el insomnio, que en todo momento podía hacerle abrir los ojos y atender, pero la ley, la verdadera ley, estaba en aquel acto que ella se había *prestado* a efectuar voluntariamente.

Se había *prestado*: no había otro modo de decirlo, porque a pesar de su abnegación total seguía perteneciéndose. No se pertenecía para sí misma, pero se pertenecía, puesto que permanecía en su voluntad. Era su voluntad la que había llevado a aquella prisión a su memoria: su entendimiento no era más que como el azogue del espejo, copiaba con pureza lo que se le ponía delante.

La extensión arenosa que poco antes había franqueado con esfuerzo, ahora se deslizó bajo mis pies insensiblemente: llegué con facilidad, ingrave, hasta la barraca, pasé por el callejón, que estaba solitario, aunque algo quedaba en él de la opresión anterior, pero atravesé su oposición como cuando se va contra el viento; llegué hasta el tablado. No creo haber tenido que subir las gradas; más bien me parece recordar que venía ya en un plano que correspondía exactamente a la altura de los armarios. Sin titubear toqué la manivela que provocaba la luz lunar, las chispas presurosas y el lento abrirse de la puerta: ya ante ella, esperé que levantase los párpados.

Abrió los ojos y en seguida *vio* que mi pregunta no exigiría que moviese los labios; entonces alzó los párpados con aquella amplitud desoladora que yo ya conocía de otro tiempo y me dejó contemplar la cripta de su memoria, en la que un incesante laborar renovaba formas infinitas.

Formas... Vi dentro de sus ojos, como quien ve el pasado en una esfera de cristal, nacer, morir, arder, padecer, florecer formas que eran su forma, pero no una forma que simplemente había tenido, sino una que había concebido o logrado. Una forma sublime que estaba dentro de ella y que era como si estuviese ante ella, porque ella, aun teniéndola en sí la contemplaba y aun conteniéndola no la poseía. Ella no podía poseer nada, porque se había *prestado* a sí misma *voluntariamente*, pues sólo a ese precio se logra concebir la forma en que el pecado se redime, sólo al precio de la abnegación, al precio del martirio se logra hacer florecer las formas salvadas.

El espectro de su cuerpo actualizaba sin reposo todos sus instantes anteriores, los que habían sido, como los que no habían llegado a ser, pues ahora, en su mundo potencial, todos eran lo mismo. Su cuerpo *estaba* allí, envuelto en el satén de tonos cambiantes que la ciudad exigía; allí estaban sus manos, que se habían alargado a las copas cuando sus labios, ahora cerrados, habían accedido a la sed y también se veía su voz, que había corrido por el cauce de las canciones hasta desbordar. Todo estaba allí y se repetía sin repetirse, todo giraba o rebrotaba, pero no con la paz con que en el seno de Flora se repite el proyecto del lirio. No; todo reflorecía con la singularidad de la pasión eterna.

La ingravidez que había notado en el camino llegó a hacerme inestable como un globo sujeto por un hilo. Sentí que cabeceaba, atraído por ella; temí caer en su abismo o disiparme en su hueco. No intenté profanarla con mi contacto, eso no, pero irresistiblemente me acerqué al espacio cúbico que la contenía. Mi frente tocó apenas la zona helada, que era, no como su aliento, sino como la atmósfera de un mundo donde no es posible el aliento, y en ese momento ya no vi más: perdí el sentido.

La última batalla

Los creyentes estaban agolpados en la falda de la colina, alrededor del Profeta.

—Combatid a los infieles hasta que ni uno solo pueda dar lugar con su existencia a la tentación. Luchad olvidando los bienes de la tierra, porque mayores serán los que alcanzaréis muriendo por la fe. Él es misericordioso.

—¿Cómo sabremos que llegaremos hasta Él después de morir?

—Bien claro estáis viendo la raya del horizonte, donde el cielo y la tierra parecen telas de distintos colores, tan fuertemente cosidas que no se ven las puntadas. No obstante, ha bastado que un esclavo llegase de lejos, arrebatado por el terror, a deciros que los infieles vienen armados contra vosotros. ¡Esto ha bastado para que creáis! ¡Y no os basta que el Profeta os diga que el que está más allá de la raya de vuestro principio os espera más allá de la raya de vuestro fin!

—Danos una señal y creeremos.

Entonces el Profeta tomó cuatro aves. Eran un águila, un pavo, un cuervo y un gallo. Las cortó en pedazos, conservó consigo las cabezas y mandó que repartiesen los trozos por las colinas.

Las vísceras descuajadas, los miembros rotos, mal recubiertos por la miseria ensangrentada de las plumas, fueron arrojados lejos, en las cumbres. El Profeta los llamó por sus nombres, y tan pronto como sus nombres fueron pronunciados, se los vio venir con vuelo sereno y cierto a recobrar sus cabezas de la mano del Profeta.

La batalla fue breve. Cada creyente degolló cien infieles, sin que al volver a colgarse el sable a la cintura le quedase en el brazo el recuerdo de cien golpes.

El viento del desierto se llevó los siglos de sobre la tierra, innumerables e irreconocibles como la arena de las dunas.

Alrededor del Profeta volvieron a agolparse los creyentes en la falda de la colina.

—¿No lucharéis por la fe? ¿No seréis capaces de afrontar la muerte por alcanzar la infinita ventura que se os ha prometido?

—¿Cómo sabremos que esa ventura nos aguarda?

—¿Preguntasteis al salir del seno de vuestras madres qué bienes iba a ofreceros la vida? No, y sin embargo los obtuvisteis. Si en ese instante alguien os hubiera dicho los males que os aguardaban, no hubierais podido retroceder. Así será en el día de los días. Él premia y castiga.

—Danos una señal y creeremos.

Entonces el Profeta tomó cuatro aves: un águila, un pavo, un cuervo y un gallo. Las cortó en pedazos, guardó consigo las cabezas y mandó que los restos confundidos fuesen arrojados por los valles.

Así que la orden estuvo cumplida, llamó a las aves por sus nombres, y cuando los cuatro nombres fueron pronunciados se vio venir volando tres aves: el gallo, el cuervo y el pavo; el águila no volvió.

El Profeta les devolvió sus cabezas y quedó con la del águila en la mano.

Los que estaban próximos se inclinaron para ver morir la cabeza del águila, y el Profeta, que siempre había inclinado la palma de la esperanza sobre la cabecera de los moribundos, se inclinó sobre su propia mano, considerando lo que sostenía en ella. ¡Por primera vez la muerte!

Su irrevocable realidad, su amargura, fue transformando los rasgos de aquella cabeza invicta. Los párpados blanquearon envejecidos, secos, y el pico inerte como máquina desarticulada, como hueso sin vida, se aguzó descarnado en las comisuras, acerbamente.

Las otras aves, desde una rama, esplendían su milagrosa integridad, y el Profeta, señalándolas, recobró el aliento para exhortar a los creyentes a la lucha.

La lucha no fue muy larga; cada creyente segó la vida de cincuenta infieles, y sus fuerzas fueron apenas mermadas.

El sol desde su altura vio pasar los siglos como reiteradas, estultas ovejas, hasta que nuevamente volvieron a agolparse los creyentes alrededor del Profeta en la colina. Y nuevamente volvieron a dudar. Y nuevamente fueron corroborados.

Esta vez el Profeta tomó sólo tres aves y no volvieron más que dos: el pavo no volvió.

La cabeza del pavo murió en la mano del Profeta como una flor o como una joya que pudiera marchitarse: las esmeraldas de su copete se apagaron.

Pero el Profeta mostró a las dos aves que en la rama mantenían su inocencia intacta, y arengó a los creyentes.

Antes que sus últimas palabras hubieran hecho alzarse los brazos armados, se alzó en el horizonte el polvo que levantaban avanzando los caballos de los infieles.

Y la lucha fue larga, porque los infieles eran numerosos y los creyentes sólo lograron cada uno atravesar el corazón de veinticinco infieles, volviendo quebrantados, pero victoriosos, a reposar en la fe.

Los siglos llegaron y partieron como las ondas. Los creyentes volvieron a agolparse alrededor del Profeta. La duda volvió a alzar su anhelante murmullo y el testimonio volvió a ser otorgado. El Profeta sacrificó dos aves, desparramó sus cuerpos y pronunció sus nombres. Pronunció dos nombres, pero volvió un ave sola. La cabeza del cuervo murió, transformando su desolado color, que había sido brillante como la noche, en parda derrota mancillada. El azabache de los ojos se retrajo como la piel de las uvas secas. El pico bruñido se hizo opaco y entre los pelos que le asomaban de las narices le quedó el hediondo rastro de su aliento.

El Profeta señaló al gallo que, posado en la rama, mantenía la ardiente fidelidad de su pecho inmaculado, y quiso hablar, pero el galope de los caballos apagó su voz.

La lucha fue larga y horrorosa. Los creyentes sólo podían exterminar cinco infieles cada uno, y la ira prolongada rugió durante días y noches como una catarata de sangre.

Los creyentes vencedores pudieron llegar restañando sus heridas hasta las gradas del Templo del Dios único.

El tiempo pasó arrastrando su manto. Los creyentes volvieron a agolparse en la colina junto al Profeta. La duda volvió a pedir, y el Santo quiso otorgar: nadie vio que temblase su mano al dividir el ave.

Los trozos del gallo fueron repartidos por los montes, y el Profeta pronunció su nombre con la voz de la oración. Lo llamó una y cien veces, y el gallo no vino.

La corola de su cabeza se mustió en la mano del Profeta, los ojos dorados, amantes del desvelo, se enturbiaron bajo una fría membrana y el pico entreabierto dejó ver la lengua inerte y la garganta hueca por donde ya no pasaría más que el silencio.

¿Qué exhortación, qué arenga podía pronunciar ahora? La voz no acudía a los labios del Profeta, pero las lágrimas pugnaban por acudir a sus ojos y las sentía brotar de diversas fuentes, no sabiendo a cuál de ellas dejar paso. Así, pues, no alcanzaron a brotar, porque antes de que brotasen llegó silbando una lanza y le atravesó el pecho.

Entonces empezó la lucha. La lucha sin igual, por ser la lucha entre iguales: cada uno de ellos no podía exterminar más que a uno de los otros. Ahora luchaban los que ya no creían con los que nunca habían creído. Réprobos contra réprobos, luchando eternamente, traspasándose, mezclándose como corrientes encontradas de dos sustancias que no pudieran fundirse.

De Oriente a Occidente y de Occidente a Oriente, las dos olas de rencor se penetraban y envolvían el mundo.

Los que siempre habían sido infieles luchaban por el placer de hundir sus espadas en los pechos cuya llama no habían conocido. Los que ya no eran creyentes, por la ira de sentirse descubiertos en una desnuda ansiedad, en un indigente vacío, dentro del cual ya, sólo por el dolor, podían recordar la vida.

Réprobos contra réprobos se encontraban en el otro lado del globo y seguían luchando. A su paso engendrando réprobos, sin soltar la espada sangrienta, envolviendo al planeta en el vaho letal de la condenación, en el anillo gaseiforme del mal íntegro, del mal sensible que prolifera en su pertinaz conjunción con los sentidos. Porque la voz del mal penetra en los oídos y engendra el mal, la imagen del mal penetra en los ojos y engendra el mal, el contacto del mal posee a las manos y engendra el mal, y hasta el olor y el sabor de sus emanaciones como las de la carroña en el páramo engendran el mal.

Las almas, entretanto, vagando desnudas por el campo de batalla, no las de los muertos, las de los vivos. Inermes, estériles, pronunciando sólo la blasfemia sin fórmula, sin freno, sin límites de su silencio.

Y lentamente, uno por uno, equitativamente, aniquilándose en milenios de giros, en superpuestas capas anulares de tiempo y de perdición. Hasta que, al fin, un día —en medio de la irrevocable noche—, dos solos, únicos, frente a frente, hundan sus aceros con simultánea y certera calma en sus corazones, sabiendo, al fin, concluyente su dolor, que durará sin agonía hasta que llegue para todos los que fueron el día inevitable. Y entonces, ¡ah, si supieran!

OFRENDA A UNA VIRGEN LOCA

Ofrenda a una virgen loca

Yo, generalmente, voy por la calle cargado de cosas, de diálogos interrumpidos, de respuestas torpes por mi parte, malignas por la parte contraria o viceversa. Sí, a veces también llega a pesarme mi malignidad ante la estupidez ajena y me planteo la cuestión: «Si hubiera sido un anciano o un inválido, ¿le habría pegado? No, sin ningún género de duda. Pero era un mentecato, un perfecto imbécil que acaso no tenía la culpa de ser perfectamente imbécil; y, sin pararme a pensar, me ensañé con él, le maltraté, le apaleé con conceptos difíciles que, en cierto modo, le honraban porque se los arrojaba como si pudiera asimilarlos; así, mis insultos eran una especie de súplica o de provocación a la inteligencia emboscada que le suponía. Pero inútil; la inteligencia no daba la cara: dejaba allí, delante de mí, al pobre mentecato inerme y yo seguía apaleándole».

¡Ah!, situaciones como ésta me pesan a veces sobre los hombros durante horas, durante días y noches, y voy por la calle buscando la justificación o la rectificación y no la encuentro. Y abandonar la idea, salir de la obsesión, me es imposible... Hasta que de pronto, sin saber cómo, me encuentro en otro lugar. Otra cosa enteramente diferente ha expulsado a aquélla, la ha comprimido y echado al fondo y ahora es la otra cosa la que priva. Es tal obra literaria o científica que, o bien está ahí, impuesta, cuando no debería estarlo, porque sobran razones para que no lo esté y esas razones me abruman, pugnan por estallar de mi cabeza en medio de la calle, o bien es la obra o el acto que no está patente aún y que sería necesario que lo estuviese, porque todos, todos los que pasan lo necesitan, lo piden, con ese aire de gentes perdidas que tienen muchos, y otros con esa tonta confianza de gentes seguras. Y su inseguridad y su indecisión y su extravío son como un rumor confuso, que es vano tratar de entender: tan vano como si al oír el rumor del mar se preguntase uno: ¿qué dice?... Pero, sin embargo, la respuesta a ese rumor me hierve en la mente, me golpea en las venas. Claro que no se me ocurre jamás armar una tribuna y ponerme a perorar en medio de la calle: eso no sirve para nada. La respuesta es algo como mi vida, como toda mi vida y, naturalmente, querría que fuese muy larga, pero querría también verla, tenerla, darla toda de golpe, en un momento. Porque una vida, si es una respuesta, es algo que se da.

¡Oh!, no pretendo adoptar el tono de un benefactor del género humano. No, no, no. Si tengo que definirme, diré más bien que soy un antropófago, que salgo a la calle como el lobo baja al llano, se acerca al poblado, acecha en silencio, en tensión, leve y ágil, dispuesto a devorar todo lo que encuentre.

Y, entonces, ¿lo de dar?..., podrían decirme. Pues sí, es lo mismo; a veces no están claros los límites entre el dar y el tomar. No, no están claros, porque si maquinalmente meto la mano en el bolsillo y doy un peso a un pobre, el acto es intrascendente, no tiene gran importancia ni para él ni para mí. Pero si, como ya me ha sucedido, meto la mano en el bolsillo y no encuentro el peso que esperaba encontrar, sino un billete mayor, de cinco, de diez, tal vez de cincuenta pesos y, con una rápida reflexión, veo que es mucho más de lo que pensaba dar, más de lo que en realidad puedo, pero simultáneamente veo que mi movimiento ha sido visto y que si mi mano sale del bolsillo vacía, causaré una decepción, y una decepción es algo grosero, semejante a una erosión o una fractura... Bueno, eso en el caso de que considere mi acto como pasivo; mi grosería, entonces, sería como la de una piedra que roza o en la que alguien tropieza. Pero si lo considero como activo, entonces es ya francamente un hurto, porque no solamente no he dado, sino que he quitado una pequeña esperanza. (La esperanza más pequeña es como un árbol; un árbol que brota con la rapidez de una llama. Se acerca el fósforo encendido al alcohol y ¡paf!, la llama brota, irisada. La esperanza es igualmente rápida, pero no es difusa ni amorfa: es como un árbol, con raíces, tronco, ramas, hojas, flores y frutos. Todo eso puede brotar de golpe.) Y como he visto todo esto antes de sacar la mano del bolsillo, la saco con el billete y lo pongo rápidamente en la mano que aguarda. Entonces, en vez de sentir que dejo caer algo de mi mano, siento que me cae en ella un corazón aturullado, en el que la confusión y la sorpresa irradian rápidas palpitaciones.

Un ser humano sorprendido es algo tan frágil como un ratón o cualquier bestezuela que uno atrapa; y yo tengo, por naturaleza, instintos cazadores. Me embriaga, como pocas cosas, ese acto de abalanzarme sobre otra vida y aprisionarla entre mis manos, y ver el espanto de sus ojos y su debatirse, inútil, porque la retengo suavemente, pero no la dejo escapar mientras yo no quiero, y luego la suelto poco a poco, para que crea que se escapó gracias a su esfuerzo, y entonces sale huyendo, como si hubiese sido aherrojada, cuando no ha sido más que acariciada.

Bueno, todo esto pasa con la bestezuela urbana, de la que podemos sentirnos cazadores con tan poco riesgo. Un billete de diez o de cincuenta pesos puede, por un momento, hacernos dueños de su sobresalto, de su alegría también. Pero es que esa alegría suya es tan turbadora como el terror; está llena de sospecha: «¿Habrá sido equivocación?, ¿irá a haber enmienda?». El primer impulso es salir huyendo. Y cuando es el cazador el que huye, se quedan sin saber... Y el cazador se va contento y se pierde en la selva de la ciudad donde él, a su vez, es una minúscula bestezuela, que otros, con armas un poco más potentes, pueden hacer temblar, huir, latir de esperanza.

Cargado con todas estas cosas anda uno por la

calle, pues supongo que esto no sólo a mí me pasa. Pero eso sí, a mí me pasa en proporciones descomunales. No siempre, aunque, más o menos, siempre. Hay días en que la carga parece estar en la atmósfera, la tensión crece por momentos y de pronto creo sentir que voy corriendo a todo correr entre la multitud, atropellando a la gente, o, por el contrario, me parece que no puedo avanzar, que estoy cercado por una muchedumbre espesa, las dos cosas son ilusorias y no permanezco más de unos segundos en el engaño. Miro a mi alrededor, veo que todo es normal y sigo. Otras veces la carga, la tensión que hay en el aire, es fascinadora; siento que estoy ante algo hermosísimo y ese algo no es más que una esquina que, al doblarla, como quien pasa la hoja de un libro, me ha puesto ante los ojos una página magnífica, una calle en penumbra bajo el túnel de las *tipas* o el derribo de una casa, con alcobas rosadas, molduras, chimeneas... Uno de esos días fue cuando la encontré.

Hace muy poco tiempo que ocurrió, no recuerdo la fecha exacta, pero sí la hora y el lugar. Fue en esta primavera, una mañana, serían ya pasadas las once, muy cerca del mediodía. Momento atroz: la gente, a esa hora, está cansada del trabajo o del callejeo. El hambre les hace a todos muy sensibles y al mismo tiempo muy indiferentes, es decir, que cualquier cosa que pase en la calle les impresiona, pero también les irrita, porque van de prisa hacia casa y no tienen ganas de detenerse; entonces, como no pueden dejar de ver, desacreditan lo que ven, lo toman por cosa irreal o frívola y siguen.

Bueno; esto, en cuanto a la hora, y resulta que en cuanto al lugar, podría decir lo mismo; elevado a la máxima potencia; porque el lugar era la Avenida Entre Ríos, al 800. Era la avenida adonde afluía lo más activo, lo más afanado de la ciudad y yo iba hacia la Plaza del Congreso, por la acera de la izquierda. Iba, como siempre, mirándolo todo, toda cosa o persona, con el temor de que algo se me escapase; como siempre, cuando, de pronto, veo venir hacia mí a una mujer modesta, de mediana estatura. Tendría seguramente unos cincuenta años; no sabría definir su clase social, origen ni profesión: era rubia, de tipo europeo y más que modesta, pobre, aunque muy cuidada, afectada casi, con un atavío que, sin ser extravagante, era un puro error. Me fijé sólo en que llevaba calcetines de lana verde sobre las medias, y ya no hacía frío como para eso. Tal vez fuera ese detalle lo que me hizo observarla, pero no, no la observé en un principio, la miré simplemente; venía hacia mí, de frente, y la miré. Ella no se dio cuenta, siguió avanzando y cuando ya estaba a unos cuatro o cinco metros se detuvo, apenas un segundo; se quedó como suspensa al echar el paso y al mismo tiempo hizo con la mano un ademán como para llamar a un taxi.

¿Es esto raro? No; ese ademán se lo he visto hacer mil veces a otras mujeres, pero en ésta me sobrecogió.

Desvié mi dirección ligeramente, como si fuese a mirar una vitrina, para dejarla pasar, y pasó sin mirarme. A los pocos pasos, tal como yo lo esperaba, repitió su ademán. Entonces vi que aquel gesto no iba dirigido hacia ningún taxi, hacia ningún objeto o persona real. Vi también que el ademán podía ser el de detener un vehículo, pero también podía ser el de decir adiós o llamar a alguien desde muy lejos, y entonces noté que no era un simple movimiento de la mano. Toda la figura, al detenerse en aquella breve parada, se transformaba, dejaba de ser la modesta pasajera de la Avenida Entre Ríos, era de pronto otras mil cosas y sobre todas ellas, una: era ligera y juvenil, elegante, cosmopolita, mundana...

Cuando me desvié de la línea recta que me llevaba hacia ella, me paré ante el escaparate de una mercería que estaba lleno de botones; de arriba a abajo botones, tontamente alineados en pedazos de cartulina, y me pareció que se oscurecía el mundo, que se paralizaba la vida. Los botones, tan definitivos, cubrían todo el fondo del escaparate como un columbario. Todo me resultaba muerto e inmóvil después de haber visto aquel movimiento. Me volví a mirarla por detrás y, cuando ella se detuvo instantáneamente, dejando el pie izquierdo casi en el aire, apenas apoyada en el suelo la punta del zapato —un zapato de tacón bajo, deportivo, sobre el que se redoblaba el calcetín verde—, cuando levantó la mano y en toda su persona, en su cintura y en su cuello brotó una súbita gallardía que, aunque detenía la marcha centuplicaba el movimiento —es decir, que, andando, caminaba: parada, volaba—, cuando toda esta transfiguración se inflamó por segunda vez ante mí, la radiante mañana de primavera que momentos antes llenaba la avenida se dilató hasta alcanzar horizontes alpinos, cielos de altamar.

La seguí. No repitió su ademán en toda la cuadra y al llegar a la esquina titubeó un momento y se dispuso a cruzar la avenida, pero no llegó más que al centro: allí, en el andén del tranvía se detuvo y nuevamente trazó en el aire su amplio saludo, o llamada, o despedida.

Me paré junto a un árbol, evitando el final de la cuadra para que no se me pusiesen delante los ómnibus. Saqué un cigarrillo y lo encendí lentamente, por aparentar que hacía algo, pero era innecesario el disimulo. ¿Me vería ella mirarla? No sé, tal vez estaba demasiado dentro de su mundo para percibir lo que quedaba fuera, tal vez me había admitido en él y seguía conmigo el juego. El caso es que permanecimos allí —¿horas?, ¿minutos?—, uno frente a otro, y fue como una larga vida juntos, como un viaje por todos los caminos de la tierra.

Al mismo tiempo, observé la sensatez de su conducta. Otras gentes también la miraban al pasar, pero no se detenían; generalmente hacían un gesto burlón y pasaban de largo. Yo percibía que, inmediato a su burla, brotaba en ellos una especie de rubor, como si hubiesen visto algo que no se debe mirar y apresuraban el paso para quedar pronto libres de su influjo.

Recordé, entonces, mi aversión a los mimos; recordé que pocos días antes algún devoto del arte escénico me había preguntado: «¿Viste al gran mimo X?». «No.» «¿Por qué?, ¿no te interesa?» «Sí, pero... No sé qué respuesta le di. De haberme decidido a responder sinceramente, habría tenido que decir: —Sí, pero... me da miedo.» Porque ésa era la verdad; el mimo nos lleva al mundo del delirio, excluye la palabra, que es el plano donde se sostienen los que dialogan, y se comunica con nosotros en el silencio de su ensueño; nos hace entrar en él y nadie me negará que es medroso entrar en el sueño de otro.

Bueno, esto es lo que ocurría aquel día en la Avenida Entre Ríos; los que pasaban huían de ella como de una vorágine peligrosa que podía arrastrar; y ella no quería absorberlos. De esto deduje su sensatez; no quería que irrumpiese en su ensueño nadie que estuviese despierto, duramente despierto, que pudiese caer en la fluidez de su silencio, como una piedra en un estanque. Para evitarlo, se situó en el andén, bajo la parada del tranvía, pero hacia el lado en que iba la circulación; no mirando a la que venía de frente. Así, los taxis no podían acudir a su llamada porque ésta se dibujaba en el aire a espaldas suyas: ella llamaba o saludaba a los que ya habían pasado.

Yo, parado en frente, me dejé arrebatar. Yo, que me había negado a asistir a las representaciones del gran mimo X —el miedo aparte—, por repugnancia al delirio colectivo... No, no era lo colectivo lo que me repugnaba —la orgía no me repugna—, era la sistematización del ensueño a un horario y un precio convenidos. Un delirio que se va a repetir, en sesión de tarde y de noche, durante varios días, eso no me atrae; en cambio, este que transcurría en medio de la ciudad, que era su producto y su acusación... (Porque hay que pensar bien lo que es la Avenida Entre Ríos a las doce menos minutos; hay que ver —afrontándola— toda la ansiedad que va por ella, como una crecida; que va y que viene, porque en los dos

sentidos van dos corrientes que se rozan sin mezclar-
se, sin enredarse, sin formar remolinos. Los anhelos,
los deberes o los rencores las mantienen tensas en
sus fines, al final, como en el telar los hilos, y el vai-
vén de la lanzadera a cada segundo va dejando fijo
un punto de la trama, inamovible.) ¡Ella había quedado suelta!, era una falla en el tejido. Estaba parada
en medio y llamaba o saludaba, pero no iba en ninguna de las dos corrientes.

Tal vez aquel movimiento correspondiese al instante en que se originó su extravío, al golpe de lanzadera en que perdió el compás. Sí, indudablemente,
eso era; eso *es*, porque para ella ese momento no ha
terminado, no tiene fin. Su diferencia con los otros
está sólo en eso, porque el tejido de la ciudad es irregular: en algunos puntos, los hilos son tan débiles
que parecen tazados, desgastados; en otros son fir-
mes; en otros tienen de pronto, en urdimbre o trama
—ser o tiempo—, un grumo desproporcionado, so-
bresaliente y eso le da al total cierta gracia, cierta
amenidad. Ella era tan desmesurada que no había
entrado por el peine, y la lanzadera pasaba una y
otra vez sin apresarla, y ella seguía pendiente de
aquella vez. Yo no podía dejarla sola.

Parado enfrente, escuché su silencio con una
atención tan intensa que abolía la distancia entre los
dos y entonces pude ver claramente el universo que
brotaba a su alrededor cada vez que lo conjuraba
con la mano.

Ella no permanecía quieta como yo, parada en
un punto: caminaba un poco a lo largo del andén y
en el par de minutos que duraba su paseo no era

nadie: era una mujer insignificante que daba unos pasos en el lugar donde se espera el tranvía; pero de pronto, alzaba la mano, detenía el pie que iba a echar, y todo se inflamaba... Pasaban los *yachts*, las velas blancas iban raudas hacia el horizonte, con el impulso de su adiós, o bien brotaba la estación con su gentío cosmopolita, los equipajes lujosos, diez valijas brillantes y coches que acudían a su llamada, también el Grand Hotel, que a su más leve ademán mandaba una legión de *grooms* a recibirla... Y ella, perfectamente joven, joven como la primavera misma, como las chicas de las *réclames*, las que anuncian las diversas cosas, modas, productos de la industria o la farmacia incluso, máquinas de escribir, teléfonos, avionetas; porque todo lo que brota en la ciudad debe ser anunciado por una muchacha a la moda, ligera, pasajera, que sepa detener el pie en ese momento del paso inestable; tan dinámica como la que acude a una cita con algo de retraso y ve desde lejos al que la espera y con un ademán le anticipa su llegada, le afirma que viene volando, impaciente. O, también, como la que se despide de los admiradores, y avanza rápida hacia el avión y se interrumpe en la marcha, con una parada última de adiós...

Bien, todo esto y mucho más, viví con ella en el mundo de su delirio, pero luego volví a mi mundo de razón sin olvidarla. Ella fue quien se marchó primero, porque el tranvía tardaba en venir y la gente empezó a aglomerarse en el andén. Entonces, cuando sus paseos no pudieron seguir en línea recta, cruzó a la acera de enfrente y desapareció entre la multitud.

Yo seguí junto al árbol, tardé un rato en echar a andar y al fin me fui de allí, dialogando con ella. Aunque, dialogando no, porque ella no me contestaba. Yo seguí mi camino hacia la Plaza del Congreso y ella el suyo en dirección contraria, pero, mentalmente, yo la seguí con mi ofrenda imposible. Inútil exhortarla, ella no la podía recibir, porque la deseó tanto que se quemó en el anhelo. No se trataba aquí de provisión de aceite: su lámpara se fundió antes de que yo llegase porque yo era el que ella esperaba.

Lo supe en cuanto vi su primer ademán. Era un movimiento en el que no había nada estudiado, nada afectado: su espontaneidad parecía producida por algo que surgiese en aquel momento y ese algo se repetía a los pocos minutos, tal vez desde hace treinta años. Incansablemente, con la misma frescura y el mismo impulso, brotaba el gesto, la línea, la belleza que no había sido vista. Porque el que ella esperaba, yo u otro cualquiera que, como yo —un periodista, dueño del éxito, de la palabra pública que se difunde y va de un extremo al otro del mundo—, pudiese darle realidad, no había acudido a su llamada.

Ahora yo la veía y sigo viéndola. Con el mismo ritmo con que se repite en ella la onda de su obsesión, brota ante mí su imagen y quiero responderle, quiero acudir cargado de dones, darle más de lo que en toda su vida haya podido desear, pero ella no puede tomarlo.

No importa: yo lo pongo a sus pies. Mañana toda la ciudad podrá conocerla. ¿Su nombre? No tiene importancia: los que no la vieron aquel día la verán brotar de estas líneas, tal como ella quería ser vista:

en ésos, su gloria será pura, y en los otros... Porque el dato verídico, tan seguro como un nombre y toda una filiación, es éste: ello ocurrió esta primavera, una mañana, cerca del mediodía, en la Avenida Entre Ríos, al 800. De modo que esos otros, los que la vieron, aquellos que pasaban de prisa con un gesto burlón, leerán estas líneas y dirán: «¡Está loco! ¿Habla de aquella mujer?...». Sí, de aquélla hablo. Me he propuesto llenar de su imagen las columnas de todos los diarios, filmar su historia, para que pueda prodigarse en la nocturnidad de las salas del mundo, pintarla en carteles que anuncien la primavera por todas las esquinas, para decir, precisamente a aquellos que la vieron: «Sois vosotros los que no la habéis visto...».

A ella, no puedo decirle nada. Puedo proyectar mis palabras como un foco sobre su belleza, pero no puedo encender la lámpara de su mente. Puedo hacerla resplandecer de gloria, pero ella seguirá a oscuras.

Balaam

Ello ocurrió en una escuelita de campo, nueva, tendría poco más de un año; construida con todo el confort moderno. Los chicos venían de los puntos más diversos: algunos de los ranchos lejanos, solitarios como boyas, en la pampa, otros del pueblo próximo.

Contar lo que pasaba en la escuela todos los días —o en uno especialmente— sólo se podría hacer con justeza levantando el tejado, como se levanta la tapa de uno de esos zoos de juguete y mirando dentro, es decir, mirando desde arriba. Como esto no es posible, trataré de contar los hechos, aparentemente inconexos, uno por uno.

En primer lugar, la rutina. La escuela se había inaugurado el año anterior, de modo que en el curso que corría, todos, maestro y chicos, se consideraban viejos en ella. Los viejos se conocían bien y se distinguían de los nuevos porque ellos ya tenían sus puestos. Pero no en los bancos ni en las listas: tenían sus papeles respectivos, los que les daba su personalidad. Los nuevos no tenían papel hasta que en alguna forma se lo ganasen.

Y la rutina era llegar temprano y entrar en esa especie de atolladero que representa el encierro forzoso: irrumpir en la clase, sentarse en los bancos, abrir los libros y quedar por unas horas en el callejón sin salida, angustiados; no por miedo ni respeto al maestro, que en general no tenían, sino porque los impulsos imprevisibles se marchitan en lugar cerrado. Los minutos se hacen eternos y sólo si pasa algo, cualquier hecho imprevisto, parece que se abre una salida hacia la luz.

«¡Que pase algo!», es la petición que todos llevan en la mente al ir hacia la escuela, pero aunque igual, en todos formulada de modos muy distintos. En algunos absolutamente formulada, en otros concreta, como un recuento de probabilidades: «¿Qué podrá pasar hoy?...», en otros como proyecto o problema: «¿Qué podré hacer hoy para que pase algo?».

Esta obsesión les anticipa el encierro, porque vienen ya poseídos por ella durante todo el camino. Los que vienen de lejos, por algún senderito entre los pastos, al desembocar en el camino vecinal la sienten ya apremiante, como una trampa que va a caer; los que vienen del pueblo se encuentran dentro de ella allí donde terminan las casas. Pasan el mercadito, el bar, la bicicletería, luego dos o tres casas aisladas con pequeños jardines delante y luego un buen espacio vacío, en el que ya empieza la prisión. En aquel espacio de cuatro a cinco cuadras hasta los maestros la sienten. Dos de ellos vienen siempre en bicicleta, pero la maestra de los chiquilines viene a pie y tiene mucho tiempo de ir pensando: «¿Qué podrá pasar hoy?».

Dentro de esta pregunta hay algo que está claro para unos y otros: todos saben que si pasa algo se deberá a dos o tres que se destacan en esa especialidad, y ellos, esos dos o tres, saben que ésa es su misión y van decididos a cumplirla.

En la clase de los pequeños las cosas que pasan no merecen ser recordadas, pero los dos grupos de mayores, el de los chicos y el de las chicas, tienen sus notables, personalidades sobresalientes de las que todos los días se espera el prodigio. Los dos son igualmente famosos, pero con características opuestas. Mauricio busca siempre la exhibición y el éxito resonante. Julia es famosa a pesar suyo: sus hazañas ella las vive para su propio placer, trata cuidadosamente de ocultarlas y si las descubren las niega, con una cara risueña y soñolienta, inocente, taimada, impenetrable. Sus móviles fueron siempre destrucción de algo o daño de alguien, que tuvo que pagar muy caro a veces, por ser descubierta o respondida por las que eran sus iguales con una estupenda cachetada. Ahora ya no sufría esos percances, tenía una víctima pequeñita, completamente dominada por el terror: Chela, una indiecita que no tenía con ella mucha diferencia de edad, pero que de tamaño no llegaba a sus dos tercios; era petiza, flaquita, sólo tenía abundante un hermoso pelo brillante y ondeado. A pesar de su tipo indígena, no tenía el pelo liso de las indias, sino una gran melena, más bien fosca, que llevaba suelta sobre la espalda y siempre alguna cintita celes-

111

te o rosada se la sujetaba por detrás de las orejas para que no le viniese a la cara. Aquel único lujo inspiró a Julia un tormento muy sutil.

Julia no ocupaba un primer puesto, su banco estaba en la sexta fila y Chela, por desgracia suya, se sentaba en la quinta, enteramente delante de ella. Julia extendía el brazo sobre el pupitre, afectando una postura de reposo, cosa que no resultaba extraña en su tipo de gorda soñolienta, y suavemente escogía entre la frondosa melena la punta de un pelo, uno solo, y tiraba de él, pero no lo arrancaba: lo mantenía tirante largo rato. La pequeña sentía una especie de punzada persistente y se rascaba. Julia, cuando la veía llevarse la mano a la cabeza, aflojaba el pelo y en cuanto la chica dejaba de rascarse volvía a tirar de él. Al fin, cuando la pequeña comprendió, se volvió indignada y hubo una ligera escaramuza, que la maestra cortó dando con la regla en la mesa.

En el recreo, Chela intentó quejarse, Julia la pellizcó detenidamente: «¡Si hablas!... ¡si hablas!...», le dijo. No llegó a explicarle qué pasaría, pero no fue necesario: la pequeña, con los ojos llenos de lágrimas, se calló.

Al día siguiente Julia recomenzó el juego. La maestra no podía ver la mano que se alargaba sobre el pupitre y en cambio veía el continuo movimiento de Chela, rascándose la cabeza. Se levantó y fue por el pasillo, entre los bancos. Se paró ante la pequeña:

—¿Qué tenés en la cabeza? A ver, ¿qué es lo que te pasa que no dejás de rascarte?

—Nada, nada, Señorita —dijo la chica—. No tengo nada.

—Algo tendrás, cuando tanto te rascas.

—Que no tengo, Señorita, que no tengo nada.

—Chela echó hacia atrás una mirada que quería ser acusadora, pero chocó con los ojos taimados, crueles, amenazantes y la dejó caer al suelo. La maestra siguió:

—¡Con tanto pelo y tanto moñito celeste! Lo que hace falta es que tengas la cabeza limpia. ¿Entendiste?

—Si la tengo limpia, Señorita, la tengo... —Se quedó hipando, llena de vergüenza y desesperación.

Al día siguiente apareció con el pelo bien atusado en dos trenzas que al sentarse ante el pupitre echó hacia adelante, no dejando nada al alcance de su enemiga. La historia terminó ahí y nunca salió del secreto, porque sólo las más próximas habían gozado del espectáculo, pero no lo divulgaron porque Julia sabía hacerse temer.

Cuando Mauricio cumplía con su misión de romper la monotonía, no era sólo para tres o cuatro: la clase entera tenía que convulsionarse de risa, el escándalo tenía que producir en el maestro perplejidad e impotencia, hasta hacerle alzarse de hombros y decir: «¡No se puede con él! ¡Hay que dejarlo por imposible!...». Pero el maestro era un hombre joven, lleno de vocación, y se preocupaba por Mauricio: quería entenderle. Se daba cuenta de que en el chico había algo positivo: tenía en el estudio las mejores notas. Lo malo era la conducta, sin que llegase a demostrar condiciones verdaderamente perversas. Un día lo entendió.

Salieron de clase, el maestro tomó como siempre su bicicleta y dejó atrás el grupo de chicos en que iba Mauricio. Cerca ya del pueblo se le rompió la cadena, pero faltaban pocos metros para llegar a la bicicletería: echó a andar empujando la bicicleta y entró en el taller. No quiso dejarla allí, temiendo que no se la tuvieran lista para el día siguiente, y se quedó dando conversación al muchacho para que no decayera en la tarea. Desde el fondo del taller se oía el guitarreo que tenían en el bar; pensó que debían ser los camioneros que venían de fuera, brasileños o paraguayos, tal vez: siempre estaban cantando. De pronto se sumó al canto un rumor impreciso de voces, risas y aplausos; las voces eran infantiles. El maestro reconoció a su gente y salió a ver qué pasaba.

En la puerta del bar, un morocho de gran tamaño tocaba y cantaba *La Cucaracha*, y en medio de la vereda, rodeado por todos sus compañeros y por los curiosos que se pararon, Mauricio la bailaba. Pero Mauricio no bailaba *La Cucaracha* como cuando se baila simplemente su ritmo; Mauricio mimaba la torpeza de la cucaracha estropeada que no puede caminar, y le daba a su baile —apenas baile, sólo una agitación acompasada, sin salir del mismo sitio— una cojera tragicómica, deplorable, que a todos les hacía morirse de risa y de lástima.

El maestro pensó: «¡Qué histrión es este diablo de chico!...», y estuvo a punto de ir a disolver el grupo. Pero la escena era demasiado digna de ser observada, porque en realidad Mauricio no hacía nada de lo que haría una cucaracha en esa situación:

para hacerlo tendría que haberse tirado al suelo de panza y estaba de pie. Sin embargo, la sugestión era poderosa: el de la guitarra tocaba para él y los espectadores veían en su baile lo que él quería que vieran. El maestro llegó a la conclusión de que en el chico había un poder de comunicación poco frecuente, irresistible, como sólo lo hay en un actor genial o en un profeta. Desistió de intervenir y cuando le tuvieron lista la máquina se fue, sin romper el encanto.

Al día siguiente fue el tiempo el encargado de alterar el orden: amaneció lloviendo, cosa que no se esperaba porque el tiempo venía siendo magnífico. A los chicos les divertía mojarse por el camino y llegaban a la escuela con muy buen estado de ánimo, pero allí se encontraron con una novedad mayor: por la noche la tormenta había abierto una ventana y la lluvia había inundado la clase. Con baldes y trapos de piso recogieron pronto el agua, pero los libros que estaban en el estante bajo la ventana habían soportado varias horas de lluvia. Era día de dictado y algunos chicos cuchichearon: «No habrá dictado hoy; los libros están hechos una sopa».

El maestro lo oyó: «No se hagan ilusiones —dijo—, habrá dictado: por falta de libro no ha de quedar. Podríamos pedir prestado uno a la señorita Tabeada, pero no es necesario». Abrió el cajón de su mesa y sacó una Biblia: «A ver —dijo—, preparen los cuadernos». Todos pusieron con resignación el cuaderno en el pupitre y mojaron la pluma, escarbando un poco en los posos del tintero. Mientras se preparaban el maestro siguió diciendo: «Aquí tenemos un libro, bueno, aquí tenemos *El libro*, vamos a ver qué nos dice, porque esto es lo que tiene la Biblia, entre otras muchas cosas, que allí donde uno la abre le dice lo que está necesitando». Abrió el libro y leyó un poco en voz baja. «Bueno, esto no», murmuró. Abrió por otro sitio y volvió a leer entre dientes. Abrió por tercera vez y dijo: «Esto sí. Ésta sí que es una linda historia. A ver, escriban el título, "Balaam". Fíjense bien: "Ba la am", dos veces "a"». Todos los chicos escribieron esmeradamente y murmurando: «Ba la am», «Ba la am».

El maestro empezó a dictar:

—Y vino Dios a Balaam, (coma) y díjole: (dos puntos, interrogación) ¿qué varones son éstos que están contigo? (cierren).

—Contigo —dijeron todos.

—Y Balaam respondió a Dios: (dos puntos).

La historia ingenua y cruel fue desarrollándose: empezó Balaam a contarle a Dios todo su regateo con los emisarios del rey Moab, que le describen cómo aquel pueblo salido de Egipto cubre la faz de la tierra y cómo el rey le pide: «Ven pues ahora y maldícemelos», cosa que Dios le prohíbe terminantemente. Pero el regateo continúa con ofrecimientos ventajosos y Balaam acaba por ponerse en camino hacia donde está el pueblo, dispuesto a maldecirlo. Allí brotan las viñas y el sendero estrecho con una tapia al lado por donde va Balaam sobre su asna, y de pronto la muralla: el asna no pasa de allí. Balaam, que cree que es pura obstinación de la burra, se harta de darle palos, hasta que el asna le hace entrar en razón: «¿No soy tu asna? —le dice—. Sobre mí has cabalgado desde que tú me tienes hasta este día, ¿he acostumbrado a hacerlo así contigo?...». Y Balaam tiene que reconocer que no. Entonces ve al ángel que está en medio del camino, con su espada desnuda en la mano...

La historia es larga, premiosa, llena de detalles y de frases reiteradas, pero los chicos no se cansan, escuchan la descripción en un silencio desacostumbrado, esperando el desenlace; y cuando al fin Balaam ve al ángel y cae sobre su rostro, entonces es el ángel quien habla: no importan los puntos y las comas, habla el ángel.

—Y el ángel de Jehová le dijo: (dos puntos, interrogación) ¿Por qué has herido a tu asna tres veces? (cierren). He aquí que yo he salido para contrarrestarte, (coma) porque tu camino es perverso delante de mí (punto y aparte).

—De mí...

—El asna me ha visto, (coma) y hase apartado luego de delante de mí estas tres veces: (dos puntos) y si de mí no se hubiera apartado, (coma) yo también ahora te mataría a ti y a ella dejaría viva (punto).

—Viva...

—Bueno, basta por hoy.

Todos los chicos cerraron el cuaderno y guardaron la pluma en el pupitre, pero no dieron el suspiro acostumbrado: la historia los había mantenido en su hechizo. Fueron trayendo los cuadernos uno por uno, ordenadamente, y depositándolos en la mesa del maestro. Mauricio, como se sentaba en la primera fila de bancos, trajo su cuaderno y se quedó ocioso mientras los otros iban yendo a la mesa. Se quedó ocioso, cruzado de brazos y sentado en su banco, pero su cabeza daba vueltas a la historia: le buscaba un comentario, no una moraleja, sino algo que añadir a lo narrado. Por fin dijo —lo dijo sin levantar la voz, pero no en voz baja, como hablando con su compañero, pero para que lo oyeran todos—: «También, la burra ¡qué zonza!, podía haberse ahorrado los palos...». Se calló un poco para ver si había suficiente expectación, y satisfecho del silencio, siguió: «Si en vez de ponerse a hacer pavadas le hubiera dicho a tiempo: "Fíjate, Balaam, ¡aha... aha... aha...! ... El ángel está ahí, ¡ohí... ohí... ohí...!"». Esto, acompañado de una actitud asnal sencillamente perfecta: las patas delanteras rígidas, apoyadas en el pupitre y la cabeza levantada, con una prolongación de hocico insuperable.

El estruendo fue monstruoso; los chicos se retorcían en sus bancos, la clase retumbaba de carcajadas y rebuznos. El maestro estaba furioso, pero se le saltaban las lágrimas de risa. Al fin, a fuerza de timbrazos, de gritos destemplados y golpes sobre la mesa, consiguió dominarlos. Las risas se agotaron poco a poco y la clase quedó en una tranquilidad satisfecha: había sido un buen día.

La clase de las chicas, por dar hacia el lado donde no había batido la lluvia, no participó de la agitación. La mañana pasó mortecina hasta la hora del recreo.

Julia había inventado un nuevo tormento para su elegida: le traía gusanos, gusanitos de choclo, bien blanquitos, húmedos. Se los dejaba caer en el libro o en la labor, levantándose con cualquier pretexto y pasando junto a ella al volver a su banco, y la pequeña quedaba paralizada de asco, hasta que lograba sacudirse y mandarlo lejos. Aquel día, en el recreo, Julia se le acercó, la empujó hasta un rincón. «Mirá, mirá —dijo—, fíjate qué lindo...» Sacó la mano del bolsillo del guardapolvo y se la acercó a la cara: tenía un gusano enorme enroscado en el dedo índice, quieto como si estuviera domesticado. Chela vio entonces el sistema de Julia para conservar los gusanos durante todo el día: llevaba el bolsillo lleno de barbas de choclo y allí, entre ellas como en un nido, los gusanos aguantaban bien. La mano que se acercó a su cara traía vestigios de aquel mundo escondido en el bolsillo. Ya de por sí la mano era horrible: era gorda y húmeda, pesada, con aspecto de blandura, pero Chela sabía cómo podía pellizcar, y ahora se le acercaba a la cara con barbas de choclo pegadas en los dedos y hasta algunas bolitas rojizas del excremento de los gusanos.

«Fíjate bien, ¿viste nunca uno más gordo? Éste lo reservo para metértelo por ahí...» Y con la otra mano agarró el cuello del vestido de Chela. Chela bajó la cabeza, se encogió toda y logró defender el cuello del vestido que se ajustaba bien al pescuezo: Julia tuvo que desistir, más bien posponer el ataque. Anduvo rondándola durante todo el recreo; la pequeña no se dejó coger a solas y al fin volvieron a clase. En el pizarrón había escrito un problema que tenían que copiar para resolver en su casa, y todo aquello de «si se tiene tanto, se compra tanto y se vende tanto...» para Chela era tan hostil que la hizo olvidar lo pasado: sólo pensaba en que no había ido

119

al baño durante el recreo y tenía una necesidad urgente de ir. Se sentaba sobre la nalga izquierda y a los dos minutos sobre la derecha: inútil, no podía aguantar, no entendía lo que miraba. Al fin levantó la mano y la maestra asintió. Salió rápida y cruzó el patio hacia los baños.

¡Qué paz allí, qué liberación, qué abandono! Era otro mundo. En la clase no había más que dificultades, amenazas, injusticias, pero allí sólo con cerrar la puertecita gris, sentarse en la taza fresca de porcelana, todo era confianza. Los músculos, crispados durante un largo rato, se distendían al dejar escapar la orina con un dolor delicioso que la embargaba lentamente. Fijaba los ojos en el gris de la puerta, recorriendo los desconchados de la pintura y permanecía en una levedad como cuando soñaba, atendiendo al chorro interminable como a una melodía que iba cambiando la tónica de su cuerpo. Respiraba más profundamente, le parecía que la luz se iba aclarando a medida que el dolor se hacía más leve y tendía a borrarse cuando la onda de bienestar se dilataba al máximo. Pero antes de llegar a ese punto se rompió la paz: unos pasos casi imperceptibles, suaves y pesados, se acercaban... Chela miró el cerrojo: estaba segura de haberlo corrido, pero era inútil; la abrazadera de metal donde debía afianzarse colgaba de un tornillo, descoyuntada. Supo inmediatamente que estaba perdida. Con un resto de esperanza pensó que acaso fuese otra chica la que llegaba y trató de terminar plenamente, como hubiera querido, porque interrumpirse era imposible. De huir no había la menor posibilidad; acaso guardar silencio, encogerse para que al no verle los pies por debajo de la mampara creyese que ya había salido. Toda esta indecisión que destruyó bruscamente su bienestar duró un par de segundos: la puertecita cedió empujada desde fuera y Julia entró, con la mano en el bolsillo.

—Ahora te lo meto, aunque...

—¡No, Julia!... —empezó a decir.

—¡Cállate! —ordenó Julia—. ¡Cállate! —repitió en una voz tan baja que era el silencio mismo imponiéndose.

Con una sola mano la derribó y la echó hacia el rincón, porque Chela al verla entrar miró al suelo en la parte que la mampara quedaba alzada como dos palmos y pensó escapar por allí, pero estaba en la última cabina, las otras cuatro tenían salida por los dos lados: ésta sólo por uno. A la izquierda estaba el tabique que la separaba de los otros baños y allí la arrinconó Julia, dejándose caer sobre ella, inmovilizándola no sólo con su peso, sino más bien con su jadeo avasallador. Julia era ahora la que estaba concentrada en su placer, ejercitando en él sus fuerzas, su habilidad y su autoridad. Sujetaba a Chela con las piernas, y con los ojos la aterrorizaba. Al mismo tiempo tiraba del cuello del vestido hacia abajo y Chela se encogía, se lo sujetaba con las manos: inútil, Julia tiró del cuello que estaba abrochado atrás hasta hacer saltar el botón, y un pequeño espacio empezó a quedar descubierto en la garganta de Chela. Entonces la otra mano apareció con el gusano domesticado, pasivo, estúpido, cabeceando en el dedo sin tratar de escaparse.

Julia habría podido metérselo rápidamente por los dos centímetros de espacio que había logrado abrir entre el vestido y el cuello, pero quiso enseñárselo primero y se lo acercó a la cara. Chela respiró el olor del choclo, pero sin su frescura vegetal, tibio, como una exudación de aquella mano gorda, y no pudo seguir callando: gritó, aunque con un grito casi inaudible, con un hilo de voz. Separando la cabeza todo lo que le permitían sus fuerzas, con la cara pegada al tabique, gritó:

—¡No, no! ¡Eso no, por favor, eso no!...

Se oyeron pasos y el golpear de la puerta de la primera cabina. Julia trató de mantenerla inmovilizada, pero Chela forcejeó y, temiendo que se oyese el ruido, Julia dejó de sujetarla. Chela pasó por debajo de la mampara a la cabina próxima y salió corriendo por el pasillo al patio. Volvió a la clase: la clase, que era un horror, era sin embargo el lugar más seguro.

También en la clase de los chicos había habido problemas en el pizarrón. Para algunos, áridos, herméticos; para Mauricio, tarea ligera que despachaba en poco tiempo. Era frecuente en él eso de quedar ocioso por terminar en seguida lo que los otros iban haciendo paso a paso, y en aquellos ratos vacantes era cuando solían ocurrírsele sus genialidades. Pero aquel día había sido tan colmado que Mauricio sentía el agradable cansancio que deja el deber cumplido y no pensaba en emprender nuevas hazañas. Trató de matar el tiempo dando una vuelta por el patio: levantó la mano, el maestro asintió, Mauricio salió de la clase. Tardó en volver unos diez minutos; el maestro ya se preparaba para echarle una reprimenda. Ya esperaba también verle aparecer en alguna forma espectacular u oír fuera algún estruendo, pero Mauricio abrió suavemente la puerta de la clase, entró y cerró con cuidado, sin hacer ruido. Como al entrar, casi insensiblemente, se volvió a cerrar la puerta, el maestro lo vio de espaldas y se dijo: «Vamos, ya está ahí...». Esperó a que se sentase para decirle algo como: «Habrás dado un buen paseo, ¿no...?», pero al mirar a Mauricio sentado en su banco no pudo decir nada. Mauricio estaba sentado normalmente, con la espalda apoyada en el respaldo y las manos sobre el pupitre; miraba al frente, al espacio. Se veía que no miraba ningún objeto determinado, porque en la clase no había ningún objeto que mereciese ser mirado como miraba Mauricio. Pero no era eso lo más extraordinario: la mirada de Mauricio tenía evidentemente una gravedad desacostumbrada, pero el color, o más bien la falta de color, la palidez que lo envolvía era aun más infrecuente, y no sólo en él: era una palidez imposible en un ser vivo.

—¿Qué te pasó, Mauricio, no te sentís bien? —se decidió a decirle, temiendo que no le contestase, porque parecía imposible sacarlo de su concentración.

Pero Mauricio contestó en seguida:

—Sí, señor, estoy bien... —Lo dijo con su voz habitual, pero las palabras salieron como de la boca de un autómata, dejando su cara impasible.

—No, bien no estás. Si andás descompuesto más vale que te vayás a casa.

—No, señor, si no es nada —volvió a decir Mauricio, moviendo apenas los labios, que parecían habérsele borrado.

—Como quieras, pero si no estás bien es tonto que lo niegues.

—No, señor, si no lo niego: sentí algo así... pero ya no siento nada. —Y al decir esto se puso la mano en el estómago o en el pecho, de un modo impreciso.

El maestro no insistió. Faltaban ya pocos minutos para terminar la clase; la mayor parte de los chicos seguía copiando afanosamente el problema; algunos hicieron preguntas pretextando no ver clara alguna palabra o cifra, para orientarse de paso.

El maestro, después de atender a los que vinieron a consultarlo, volvió a mirar a Mauricio y vio que seguía inmóvil, en la misma postura y con la misma palidez. No quiso preguntarle más, pero no pudo menos que volver a dirigirle la palabra para ver si le oía.

—¿Ya copiaste todo, Mauricio? —le dijo.

—Sí, señor, ya lo copié —contestó en el acto, sin alterar su inmovilidad.

Dio la hora y fueron saliendo. El maestro tomó su bicicleta, pero no echó a andar delante de todos como siempre. Se detuvo un poco, como si la revisase, y esperó a que el grupo de chicos pasase junto a él: quería ver a Mauricio con otra luz. El día seguía nublado y fuera no había mucha más claridad que dentro de la clase; Mauricio pasó a su lado con otros cuatro chicos. «Hasta mañana, maestro», dijeron los cinco, Mauricio igual que los otros y, por tanto, diferente de sí mismo, con un tono automático, impersonal, completamente desusado en él. Mauricio no dejaba jamás escapar una palabra sin un gesto o una pirueta y esta vez habló mezclando su voz a las de los otros y pasando rígido, con la mirada en el espacio pálido como un trapo, como cualquier cosa inanimada.

«¿Se irá a morir este chico?», pensó el maestro, porque creyó que la impresión tremenda que le causaba podía ser un presentimiento y porque le costaba trabajo confesarse que al pasar junto a él Mauricio había experimentado algo mucho más violento y mucho más absurdo. Tuvo la intención de darle un pequeño coscorrón al pasar, como otras veces; Mauricio siempre respondía con alguna comedia: lloraba como un bebé, gritaba como un perro, o se rascaba o hacía como si se quedase atontado del golpe. Pero no pudo alargar la mano: sintió algo parecido al horror de tocar a un muerto. «¡Qué disparate! —se dijo—. ¡Qué disparate! Lo probable es que mañana no tenga nada», y se echó a andar por su camino.

Al día siguiente, cuando llegó el maestro, Mauricio estaba ya en el porche con su compañero de banco, charlando entretenido. El tiempo seguía húmedo, el cielo enteramente cubierto. Bajo el porche había poca luz y, sin embargo, al pasar el maestro creyó ver que Mauricio había recobrado su color. Una vez en clase, cuando lo miró bien desde su mesa, comprobó, que, en efecto, parecía normal. Mauricio era un chico más bien rubio, sonrosado, sano, lleno de vitalidad, y la sangre había vuelto a circular bien bajo su piel, borrando toda huella de indisposición, toda huella material. Evidentemente ya no era un chico enfermo. «No —pensó el maestro—, no es ni mucho menos un chico moribundo, pero... no es el mismo chico.»

Ocurría algo mucho más extraordinario: lo mismo que otras veces, el rumor de la clase parecía corear a Mauricio, responder a sus ocurrencias o mandarle un S.O.S. cuando todos zozobraban en el aburrimiento; ahora, un silencio laborioso, una actividad de cuadernos y lapiceros se extendía por la clase, armonizando con su actitud grave. Pues, ¿qué decir del tiempo? Dos días seguidos sin ver el sol, un cielo gris, como un colchón a dos palmos del tejado, una humedad tibia, pero no calurosa: hasta el calor era discreto. No pasó nada durante toda la clase. Terminaron, salieron, se fueron a sus casas por la vereda. Al día siguiente amaneció igualmente nublado; se levantaron, salieron hacia la escuela, llegaron, no pasó nada. Al otro día, oscuro al empezar la mañana, llegaron a la escuela: no pasó nada y no sólo no pasó, sino que al ir aclarándose el cielo desapareció hasta el recuerdo de los días anteriores. Habían vivido martes, miércoles y jueves bajo la opresión del nublado y ahora otra vez el día recobraba sus colores. Cuando volvieron a la clase después del recreo el sol caía oblicuo en el poyo de las ventanas: era la decoración de siempre. Pero la clase ¿era la misma?... El maestro se decía: «Los chicos tienen rachas: ahora estamos en la buena. Veremos cuánto dura».

Revisó las listas: era la última semana del mes.

Miró a Mauricio y le pareció increíble que su conducta estuviese llena de ceros: le puso un diez; tal vez eso le estimulase.

—Mauricio —dijo—, apunta en el pizarrón lo que te dicte, y los demás copien.

Mauricio salió al pizarrón y fue escribiendo con letra grande, clara, un poco desigual, pero nunca mezquina ni confusa. Rápido, entendiendo siempre a la primera, no olvidaba nunca los acentos, subrayando lo que se le indicaba, con fuerza y sin errar. Dieron la hora. El maestro dijo: «Salgan en orden», y se quedó un rato metiendo listas y cuadernos en su portafolio. Luego tomó la bicicleta y los alcanzó cuando ya iban llegando al pueblo. Vio que los muchachos formaban un grupo que se dividía y se juntaba de cuando en cuando. Unos cuantos apresuraban el paso y dejaban atrás a los otros; luego éstos los alcanzaban y pasaban delante. Mauricio iba entre los más rezagados y en ningún momento dio una carrera para alcanzar a los otros: caminaba muy tranquilo. Desde lejos ya empezaron a oír una melodía paraguaya que salía del bar. El maestro acortó la marcha: le gustaba verlos ir tan formales. Cuando los primeros chicos llegaron a la puerta del bar se pararon a escuchar al cantor y el hombre dijo: «¡Hola!, ¡ya están aquí mis amiguitos!». Vio venir a Mauricio y empezó a tocar *La Cucaracha*. Mauricio, que venía por en medio de la calzada, saltó hacia atrás, se crispó un par de segundos como aterrorizado y en seguida se agachó al suelo, cogió un puñado de barro que había quedado en las huellas, se lo tiró al hombre a la cara con todas sus fuerzas y echó a correr.

El hombre salió detrás, pero como tardó un momento en limpiarse la cara, varias personas se le acercaron para contenerlo: entre ellas el maestro. La escena inesperada e incomprensible le proveyó de elocuencia: persuadió al hombre de que él no era el indicado para castigar al chico. «Usted es forastero —le dijo—, si le da una paliza se pondrán todos en contra. Déjelo por mi cuenta; yo le prometo que el castigo va a ser sonado...» El hombre cedió al fin, sobre todo porque el chico había desaparecido. El maestro saltó sobre su bicicleta y salió a la carrera detrás de Mauricio. Le agarró cuando ya iba a meterse en su casa.

—¡Déjeme usted, señor! ¡Déjeme! —le dijo con furia. Estaba rojo como un tomate: los ojos se le saltaban, llenos de venas coloradas.

—¿Por qué hiciste eso? ¡Contesta!

—¡Suélteme! ¡Déjeme entrar en mi casa!

—Cuando contestes te soltaré. ¿Por qué lo hiciste? ¡Vamos! ¿Por qué lo hiciste?

—Si ya sé que está mal, señor, ya sé que no debí hacerlo...

—No eres tú quien tenés que decir si está mal: eso lo diré yo cuando sepa por qué lo hiciste. ¡Vamos, contesta! Por algo habrá sido, tú no eres un idiota. ¿Por qué lo hiciste?

Mauricio flaqueó un momento; parecía que iba a contestar, al fin, dijo de un modo terminante y al mismo tiempo evasivo:

—Porque él tiene la culpa de todo...

—¿Ese hombre tiene la culpa? ¿De qué?

—Bueno, de nada, señor, de nada. ¡Déjeme entrar en mi casa!

—¿En qué quedamos, tiene la culpa o no la tiene? Y si la tiene, ¿de qué puede tenerla?

—Bueno, de lo que me pasó, señor. No me pregunte más.

—¡Ah!, confiesas que te pasó algo y no querés que te pregunte. ¿Qué te pasó? Me vas a decir ahora mismo qué te pasó. —Y pensando intimidarle, añadió—: Si crees que yo no sé que te ha ocurrido algo te equivocas: hace días que lo sé, y muy bien.

Mauricio se apoyó en la pared y dejó de forcejear para soltarse.

—No, señor —dijo—, usted no puede saber nada.

—¿Cómo que no? —dijo el maestro, temiendo verse desarmado—. Yo sé que te ha ocurrido algo, y nada bueno.

Mauricio movió un poco la cabeza, sin afirmar ni negar. Al fin, dijo:

—No, señor, no; lo malo no es lo que me ocurrió: lo que yo iba a hacer era muy malo.

—¡Ah! ¿Ibas a hacer una cosa muy mala? ¿Qué cosa? ¡Contesta!

—¡Pero si no lo hice, señor, si no lo hice!

El maestro le soltó el brazo, sabiendo que no se escaparía. Mauricio siguió recostado contra la pared, sin enterarse de que estaba libre.

—Vamos, Mauricio, sé razonable. Contame todo... Ibas a hacer algo malo, instigado por ese hombre. ¿No es eso?

Mauricio negó con la cabeza.

—No digas que no ahora. Empezaste diciendo que él tiene la culpa de todo. Comprenderás que eso tengo yo que saberlo. Vamos, decí: ¿ese hombre te ha inducido a hacer algo malo?

—No, señor, él no me ha inducido nada.

—A nada, dirás. Y entonces, ¿cómo fue la cosa?

—No puedo, señor, no puedo contárselo.

—Pero ¿por qué no? Ya eres casi un hombre. Aunque te dé vergüenza, decilo de cierto modo, yo lo entenderé.

—Si no me da vergüenza —dijo Mauricio, levantando sus ojos claros, que iban recobrando su color natural al serenarse, hasta los del maestro, como diciéndole: «No es lo que usted se figura».

—Entonces, ¿por qué no lo decís de una vez?

—Porque usted no me va a creer.

—¡Cómo que no! Si decís la verdad, te creo.

—No, señor, no, usted no puede creerlo.

—Bueno, supongo que no te estás inventando una comedia para tapar lo que ocurrió.

—No, señor, no invento nada: es verdad, es verdad. Se lo puedo jurar.

—No jures nada: te digo que te creo. Contámelo, sea lo que sea. ¿Qué es lo que ibas a hacer? ¿Por qué ese hombre tiene la culpa? ¡Vamos!

—Bueno, no es que él tenga la culpa: fue la canción.

—¿Qué canción?

—Esa que toca.

—¿Cuál? ¿*La Cucaracha?* —Mauricio asintió con la cabeza y bajó los ojos, como si la palabra misma lo abrumase—. Pero es una canción que sabe todo el mundo. ¿Qué tiene de particular?

—Nada; es que a mí antes no se me había ocurrido.

—¿Qué, Mauricio? ¿Qué es lo que no se te había ocurrido? ¡Estás acabando con mi paciencia!

—Bueno, se lo cuento —dijo Mauricio con decisión—. Se lo cuento y le juro que es la verdad.

—¡Que no jures, te he dicho!

—Es que usted no lo creerá ni aunque se lo jure... ¿Recuerda usted el lunes, cuando veníamos hacia el pueblo? Usted estaba en la bicicletería, yo lo vi al pasar. El hombre tocaba la música esa y yo me puse a bailarla. Todos alrededor muertos de risa, todos aplaudiendo como idiotas, y yo me decía: ¡pero qué tarados, con lo mal que lo hago! Luego pensé: ¿y cómo tendría que hacerlo para que estuviese bien? No sé, no he visto nunca una... una cucaracha que le falten las dos patitas de atrás... Ahí tiene usted, eso no más, eso es lo que se me ocurrió.

—Muchacho, te aseguro que no lo veo muy claro. ¿Qué es lo que se te ocurrió?

—Y... eso, arrancárselas. Me dije: en cuanto agarre una le saco las patitas para ver cómo hace.

—¡Ah, vamos! ¿Y se las sacaste?

—No, señor, no; esa fue la cosa... El día de la lluvia, ¿se acuerda usted? ¿Se acuerda usted de cómo nos divertimos recogiendo el agua primero y luego con lo de la burra?

—Sí, ya lo creo que me acuerdo.

—¿Y se acuerda usted de que luego, cuando todos estaban copiando del pizarrón yo le pedí ir al baño y usted me dijo que fuera? No tenía ganas, ésa es la verdad, fui por dar una vuelta, pero fui al baño y allí, en la misma puerta, veo una, gorda, gorda y negra, bien brillosa. Me dije, a ésta la agarro y se las saco. Me tiro encima de ella, pero sale disparando y se esconde detrás del... detrás del excusado. ¿Ahora cómo la saco de ahí?... Si meto la mano no veo dónde está y si meto la cabeza no puedo meter también la mano. Me agaché y nada, no se la veía: quién podía saber dónde se habría escondido. Me eché al suelo de panza y metí la cabeza por entre el excusado y la pared. Bueno, el sitio es tan chiquito que yo me pegaba al tabique; no fuese a saltarme a la cara...

Mauricio se calló un momento y el maestro recordó aquella mirada ausente que tenía al volver del baño, aquella inmovilidad que mantenía para no desprenderse de la visión que conservaba. Ahora, a medida que avanzaba en el relato, la mirada de Mauricio volvía a clavarse en aquello que se reproducía en el espacio ante él. Era indudable que estaba narrando fielmente un hecho. No lo apremió, lo dejó concentrarse en el recuerdo, Mauricio dijo:

—De pronto la vi sobre el caño que viene de la pared. Es el caño del agua que atraviesa el tabique y allí estaba subidita, mirándome. Y movía así los cuernecitos de un lado para otro.

—Las antenas.

—Bueno, las antenitas, así, de izquierda a derecha, de derecha a izquierda. —Mauricio imitó el movimiento con dos dedos—. Entonces, señor, no crea usted que soy un cretino; entonces, cuando vio que ya la había descubierto, me dijo: «¡No, no! ¡Eso no, por favor! ¡Eso no!», con una vocecita, señor maestro, yo no sé cómo decirle... ¡Era como una bebita que fuera a echarse a llorar!

Mauricio se agitó tanto con el relato que respiraba con el corazón en la garganta. El maestro quiso decirle que se calmase un poco, pero él lo interrumpió:

—Fíjese, señor, fíjese cómo ella sabía lo que le iba a hacer. ¡Cómo me decía *eso* no, *eso* no!... ¿Lo cree usted, verdad? ¿Se da cuenta de que no miento?

—Sí, Mauricio, sí, cálmate. Ya veo que no mientes.

—Y ¿puede usted creerlo? ¿Puede usted creer que hable una cucaracha?

—Mira, no sé cómo decirte. Si hace unos días me hubieses preguntado: «¿Cree usted que una cucaracha pueda hablar?», te habría contestado que no, sencillamente, no lo creo. Pero ahora... ¿La oíste? ¿Estás seguro?

—Sí, señor, estoy bien seguro de que la oí.

—Bueno, eso es lo único que importa.

Austral Cuentos ofrece al lector breves antologías de relatos de los mejores escritores de todos los tiempos.

AUTORES DE LA SERIE UNIVERSAL

Antón Chéjov

Joseph Conrad

F. Scott Fitzgerald

E. T. A. Hoffmann

Franz Kafka

Jack London

Katherine Mansfield

Bram Stoker

Oscar Wilde

Virginia Woolf

AUTORES DE LA SERIE ESPAÑOLES Y LATINOAMERICANOS

Rosa Chacel

Emilia Pardo Bazán

Ramón del Valle-Inclán

AUSTRAL